状元弃妻：中国戏剧典范情节的叙事语义学

傅礼军 著

齊鲁書社

图书在版编目(CIP)数据

状元弃妻:中国戏剧典范情节的叙事语义学/傅礼军著. —济南:齐鲁书社,2015.12
ISBN 978 -7 -5333 -3449 -9

Ⅰ.①状… Ⅱ.①傅… Ⅲ.①古典戏剧—喜剧—戏剧研究—中国 Ⅳ.①I207.37

中国版本图书馆 CIP 数据核字(2015)第 292408 号

状元弃妻:中国戏剧典范情节的叙事语义学

傅礼军 著

主管单位	山东出版传媒股份有限公司
出版发行	齊魯書社
社　　址	济南市英雄山路 189 号
邮　　编	250002
网　　址	www.qlss.com.cn
电子邮箱	qilupress@126.com
营销中心	(0531)82098521　82098519
印　　刷	山东德州新华印务有限责任公司
开　　本	720mm × 1020mm　1/16
印　　张	13.5
插　　页	2
字　　数	150 千
版　　次	2015 年 12 月第 1 版
印　　次	2015 年 12 月第 1 次印刷
标准书号	ISBN 978 -7 -5333 -3449 -9
定　　价	**32.00 元**

目　录

第一章

导论

一、典范情节

1978 年亲眼看到的一个场景，在笔者的记忆中留下了深刻的印象，至今回想起来仍然宛在眼前。那时，笔者正在大学读本科。那是一个下雪天的晚饭时间，同学们陆续赶到学校食堂就餐，食堂门口的一个身影唤起了他们的好奇心和同情心。那是一个身材矮小、上了年纪的农村妇女，她不顾雪花纷纷飘落在身上，正竭尽全力高声向走到食堂门口的学生们诉说着什么。一部分学生聚集在她身旁，一边倾听她的诉说，一边表达对她的支持和安慰，其中还有人给她出主意。即使那些对陌生人生活不感兴趣的学生，在从她身旁走过时也不可避免地听到她反复提到"陈世美"这个名字。不必仔细听她诉说故事的细节，仅凭听到"陈世美"这个名字，学生们已经能够猜到这是一个有关丈夫抛弃妻子的故事。

那位上了年纪的妇女诉说的是关于她女儿的故事。根据她的说法，她的女婿是英语系的一个学生，上大学后变了心，要与她女儿离婚。那位妇女和她女儿一起去找了学校领导，要求他们阻止那个学生“抛弃”妻子。学校领导也曾努力地做工作解决那个学生的“思想问题”，却未能打消那个学生离婚的念头。接下来，那位妇女和她的女儿要求学校开除那个学生，而学校领导拒绝了这个要求。在这种情况下，她来到学校食堂门口向公众讲述这个故事。尽管她既没有成功地阻止那个学生“抛弃”她的女儿，也没有使他因为“弃妻”而遭到惩罚，但她讲的故事在学生中间引起了激烈争论。在食堂里，学生们一边试图指认那个想与妻子离婚的大学生，一边对他的离婚行为发表评论意见。一个学生说：

> 英语系的那个学生是个当代的陈世美。他不仅对妻子不忠实，而且忘恩负义。那位老妇人说，她家在经济上帮助了那个大学生。

另一个学生反驳说：

> 把他称作当代陈世美，这种思维太简单。你难道不记得恩格斯说过，没有爱情的婚姻是

不道德的？如果他不再爱他的妻子了，为什么不能离婚呢？我们现在不是封建社会了，那个做丈夫的难道不应该有离婚的自由吗？

一个学生评论说：

他的妻子是当代秦香莲，是一个牺牲品。

另一个学生回应说：

什么的牺牲品呢？是男权制度的牺牲品还是等级制度的牺牲品？在我看来，她是秦香莲情结的牺牲品。她有意识地扮演一个被抛弃的妻子的角色，目的是为了显示她的道德优势，博得社会的同情，让她丈夫得到惩罚。

一个学生表达他的感想，说：

学校领导太软弱，解决不了这个问题。别忘了陈世美可是被包公铡了的。如果那个学生的妻子遇到包公就好了！

另一个学生不同意这种看法，说：

学校领导不应该扮演包公的角色。这是那个学生和他妻子之间的私事。学校领导根本就不应该过问这件事。

在学校食堂里，学生们就上述以及种种其他道德问题进行了激烈的争论。

上面这个来自实际生活的故事，可以用来说明人们在日常生活中是怎样使用典范情节（masterplot）来商谈社会行为的意义的。① 这个故事也表明了典范情节在某种程度上限定了人们的行为模式。那位老妇人一提到“陈世美”，立即唤起了一些学生对她女儿的同情心，这个事实表明了典范情节所具有的认知力量。正如典范情节中的秦香莲从包公那里得到了正义，那位老妇人和女儿试图让学校领导作出公正的裁决，她们的这个举动说明了典范情节对她们行为的引导和制约作用。

陈世美和秦香莲的故事，属于中国民间文化的一部分。即使一生从没有走出自己村庄的不识字的农民，也对这个故事耳熟能详。如果人们在谈话中

① 典范情节指的是以各种变异形式在很多文本中反复出现的情节，它往往涉及最为人们关切的欲望、焦虑和价值观。关于典范情节的定义，见 H. Potter Abbot，*The Cambridge Introduction to Narrative*（Cambridge：Cambridge University Press，2002；北京：北京大学出版社重印本，2007），pp. 42 –43.

提到这个故事，那个不识字的农民也能轻易地分辨出陈世美是无情无义的丈夫，秦香莲是任劳任怨的妻子，而包公则代表着道德良心和社会正义。另外，他还能从这个故事中总结出一些道德教训，会说一些如“糟糠之妻不下堂”之类的世代流传的道德格言。①

陈世美和秦香莲的故事最早出现在18世纪的一部戏剧《赛琵琶》中。这部剧的最早版本没有流传下来。② 不过，焦循在他的《花部农谭》中记载了情节梗概。③ 在焦循记叙了这个戏剧故事之后，从这个故事中分化出了两个不同的版本。④ 据广大

① 这句道德格言出自东汉宋弘。东汉光武帝的新寡姐姐湖阳公主喜欢宋弘，光武帝就想劝说宋弘休掉自己的妻子，娶湖阳公主为妻。宋弘回答说：“贫贱之知不可忘，糟糠之妻不下堂。”参见《后汉书》卷二六（北京：中华书局，1965），第4册，第905页。后人经常用这句格言批评富贵后休妻的男人。

② 是否存在一个书面文本还是有疑问的，因为花部戏通常不是由剧作家编写，而是由演员编创。大量剧目是通过师傅口授给演员这样的方式一代又一代地流传下来，很多时候并不需要借助于文字脚本。详情参见张庚、郭汉城主编：《中国戏曲通史》（北京：中国戏剧出版社，1992），第919页。

③ 焦循：《花部农谭》，收入《焦循论曲三种》（扬州：广陵书社，2008），第179～180页。

④ 较少为人所知的那个版本存在于汉剧、湘剧、淮剧等地方戏中。这两个版本的前半部分故事基本一样，后半部分差别较大。参见黄仕忠：《落絮望天：负心婚变与古典文学》（西安：陕西人民出版社，1991），第169页。

观众比较熟悉的那个舞台版本所述，陈世美是宋朝的一个书生，到京城赶考，考中状元后，与皇帝女儿结了婚。在此期间，他的妻子秦香莲在家乡赡养他的父母。他的父母去世后，秦香莲安葬了他们。秦香莲带着两个孩子到京城寻找陈世美。陈世美不仅拒绝认亲，还派他手下的一个军官去刺杀秦香莲和两个孩子。那位军官了解真相后，没有杀害秦香莲和她的孩子，而是自杀了。秦香莲向包公告状。包拯是开封府尹，在中国通俗文艺中更为人熟知的称呼是“包公”。尽管皇帝的母亲和女儿竭力干预这个案件，包公还是判决将陈世美处斩。这个故事的后半部分，即讲述与包公有关的部分，是广大观众最熟悉的片段，通常以《铡美案》的题目作为折子戏单独演出。《铡美案》也是中国通俗文艺中传奇人物包公所审判的众多案件中最有名的案件之一。

对于中国现代观众来说，陈世美和秦香莲的故事也许是他们唯一熟悉的一个讲述状元抛弃妻子的故事。但是，对于中国文学的研究者来说，陈世美和秦香莲的故事是中国文艺中广为流传的典范情节所派生的故事版本之一。焦循看过并曾给予评论的那部《赛琵琶》剧，从题目上就暗示了另一部剧作《琵琶记》的存在。①《琵琶记》剧作是高明（约

① 焦循注意到《琵琶记》和《赛琵琶》之间的相同之处，对两部戏作了比较。见《焦循论曲三种》，第179～180页。

1305—约1370）写于元末的一部剧作，它讲述了蔡伯喈考中状元后娶宰相女儿的故事。不过，《琵琶记》还不是演绎这个典范情节的最早作品；它是产生于宋代的《赵贞女蔡二郎》的改写本。《赵贞女蔡二郎》、《琵琶记》和《赛琵琶》代表了状元弃妻这个典范情节在其形成和变异过程中的不同模型。

状元弃妻这个典范情节存在于不同时代的不同文艺体裁中。从宋代到清代，它作为一个流行的情节反复出现；即使到了现代，已经不存在科举考试制度和状元了，但是，在那些叙述知识分子进入城市、陡然提高身份后抛弃妻子的现代小说、戏剧和电影中，也不难发现它的变形。不过，它最引人注目的时期是宋代到明代这个阶段。就小说而言，它既出现于文言传奇小说中，也出现于白话话本小说中。就戏剧来说，杂剧、南戏和传奇中都有演绎这个典范情节的作品。在各种不同文艺体裁中，这个典范情节占据最显要地位的体裁是南戏和传奇，而这两种戏剧体裁可以用“南曲”一个术语来统称。

虽然有很多不同的文艺作品演绎了这个典范情节，但是，不同作品对这个典范情节作了不同的文艺加工，因此产生了几种不同的情节模型。通过研究这些情节模型，我们可以对这些文艺作品的主题和结构特征以及作品之间的互文关系作出更好的阐释。

在文学理论著作中，有关典范情节的论述尚不多见。为了说明典范情节在文学创作、文学批评和文学史研究中的重要性，我们不妨借鉴前人对原型的理论阐述。①

对原型与文本之间的关系，Laurent Jenny 作过清晰的论述。他指出："我们只有通过一部文学作品与原型的关系才能把握这部作品的意义和结构，而那些原型本身又是从漫长的文学文本系列中抽象出来的，因此原型可以说是那些文本的不变因素。因为每一个原型都是从一个'文学行动'派生出来的，原型把我们称之为'文学'的那个'第二语言'（洛特曼的术语）的用法给编码了。一部文学作品与原型模式的关系总是一种实现、转化或者超越的关系。不仅如此，在很大程度上，正是它与原型模式的关系界定了这部文学作品。"② Laurent Jenny 对原型与具体作品之间关系的论述，完全可以用

① 典范情节与原型是含义非常接近的概念。不过，通行的原型概念，在荣格的影响下带上了浓重的心理学含义，把原型当作某种神秘的世代相传的集体无意识的表达。关于为什么"典范情节"比"原型"更为可取，参见 H. Potter Abbot, *The Cambridge Introduction to Narrative*, p. 43.

② Laurent Jenny, "The Strategy of Form", *French Literary Theory Today: A Reader*, ed. Tzvetan Todorov, trans. R. Carter (Cambridge: Cambridge University Press, 1982), p. 34.

来描述典范情节与作品之间的关系。

对于原型模式的研究，不仅有助于我们把握单部文学作品的意义和结构，而且还有助于我们理解作品之间的互文关系。

John Frow 指出："文本不是在场的结构，而是他者的印迹和对他者的追踪。文本是由其他文本结构的重复和转化所塑造的。"① 如果我们把他的"其他文本结构"理解为典范情节，我们也会同意他的如下说法："这些不在场的结构既限定了文本，又同时由文本再现而且被再现于文本之中。它们既是文本的前提条件，也是文本的呈现时刻。"② 由此可见，对典范情节的研究能够把"一首诗与另一首诗联系起来，从而有助于把我们的文学经验统一和融合起来"③。

典范情节或原型模式能够长期保持生命力，因为它们表达的是一个民族在一个历史长时段里的关怀和忧虑。原型模式不单是故事结构，而且也是文

---

① John Frow, "Intertextuality and Ontology", in *Intertextuality: Theories and Practices*, ed. Michael Worton and Judith Still (Manchester: Manchester University Press, 1990), p. 45.

② John Frow, "Intertextuality and Ontology", in *Intertextuality: Theories and Practices*, ed. Michael Worton and Judith Still (Manchester: Manchester University Press, 1990), p. 45.

③ Northrop Frye, *Anatomy of Criticism: Four Essays* (Princeton: Princeton University Press, 1957), p. 99.

化象征。Annis Pratt 说："因为原型叙事表达了某些恒久的困境，所以能够历经许多世纪而持续存在，不过，在不断重述和传达的过程中，这些困境的确切性质却可能被人们视而不见。"① 通过研究典范情节，我们就能对"在文本中实现的（和被争辩的）的文化符码进行重构"②。

当我们研究原型模式时，我们应该采用语用学的、归纳性的方式。Annis Pratt 说："我所理解的原型模式代表着个别因素的类型，可以对它们在某一个特定文本之内或某一个较大的文学集合体之内的相互关系加以描绘。如果教条式地坚持认为存在着一系列上天注定的永恒不变的原型模式，那样不免会歪曲文学分析：我们不应该把类型演绎到一个材料集合体中去，而是要选择非常多样化的文学作品，通过考察作品中的意象、象征和叙事模式而归纳出类型。"③

典范情节及其各种变异模型涉及文学传统和文学创新问题，这个问题下面会谈到。

---

① Annis Pratt, with others, *Archetypal Patterns in Women's Fiction* (Bloomington: Indiana University Press, 1981), p. 4.

② John Frow, "Intertextuality and Ontology", in *Intertextuality: Theories and Practices*, ed. Michael Worton and Judith Still (Manchester: Manchester University Press, 1990), p. 46.

③ Annis Pratt, with others, *Archetypal Patterns in Women's Fiction* (Bloomington: Indiana University Press, 1981), p. 5.

本书的内容是讨论从宋代到明代中国戏剧和小说中一个有关状元弃妻的典范情节，以戏剧作品为主，小说作品为辅。本书分析了六部戏剧作品，包括三部宋元南戏、一部元杂剧、两部明传奇。除此之外，本书还分析了两篇宋代文言小说。这两篇小说被纳入分析范围的原因有两个。其一，它们是讲述状元弃妻故事的最早的文学作品。其二，它们都曾被改编为戏剧作品。为了完整地描述状元弃妻典范情节的形成和变异过程，有必要把这两篇小说作为分析对象。

本书分为五章。

第一章是导论，首先讨论典范情节、情节模型与派生等概念，进而把典范情节的延续和变异与文学史上的传统与变迁问题联系起来，最后介绍小说语义学的基本概念，为本书后面对具体文学作品的分析搭设理论框架。

第二章用于考察典范情节的形成。本章主要分析《王魁负心　桂英死报》和《满少卿》两篇宋代文言小说，同时也对宋代南戏《赵贞女蔡二郎》作简短的讨论。在最早形成的情节模型中，男主人公是一个中进士之后抛弃了妻子的负心郎。他的行为导致了妻子的死亡，妻子的鬼魂前来报仇。这个早期情节模型含有一个背叛—报应的故事结构。

第三章主要用来分析宋代南戏《张协状元》和

元代杂剧《潇湘雨》。在这两部戏剧中，男主人公都尝试抛弃和杀害自己的妻子，但都未能得逞。早期作品中的背叛—报应模型，在这两部剧中被转化为夫妻团圆的模型。本章将细致考察故事结构转化的方式。

第四章用于研究元代南戏《荆钗记》和明代传奇《紫钗记》《焚香记》。在这三部剧作中，早期两个模型中的弃妻“母题”（motif）经过“非真实化”处理后（de-authenticated），前两个模型中背叛妻子的丈夫被转化为一个忠实于妻子的丈夫。① 前两个模型中对状元的贬低从主题上被反转过来。本章将对反转主题的手法进行具体分析。

第五章作为结语，着重从中国传统戏剧的体裁制约因素方面探讨造成典范情节转化的原因，认为这些体裁制约因素是由中国人的审美观和伦理观之间的复杂互动产生的。

二、模型与变用

从16世纪后期到17世纪末，中国传奇的黄金时代持续了一百多年。《焚香记》是这个黄金时代

① 关于“非真实化”的定义，详情参见 Lubomir Dolezel, “Truth and Authenticity in Narrative”, *Poetics Today* 1：3（1980），pp. 7–25.

所产生的成百上千部传奇之一。这部剧的结构明显是以先前的南戏和传奇为模型的。正如这部剧的一位同时代的批评家所指出的那样："此传大略近于《荆钗》，而小景布置，间仿《琵琶》、《香囊》诸种。"①

这部剧在结构上与以前的几部剧作有相似之处；这部剧的某些"母题"对于它的当代观众来说也是熟悉的。那位批评家在对这部剧的几个感人场面作了称赞之后，评论说："独金垒换书，及登程，及招婿，及传报王魁凶信，颇类常套，而星相占祷之事亦多，然此等波澜，又氍毹上不可少者。此独妙于串插结构，便不觉文法沓拖，真寻常院本中不可多得。"②

这位批评家认识到《焚香记》中的某些母题是戏剧中常见的因素，然而，他并没有因此谴责剧作家对于前人的模仿和重复。他认为这些结构手法的使用是为了符合戏剧成规（conventions）。他所看重

① 《焚香记总评》，见于王玉峰撰，吴书荫点校：《焚香记》，收入《焚香记　偷甲记》（北京：中华书局，1989），第1页。这篇总评，还有一些"出"后面的评语，既见于《李卓吾评焚香记》，也见于《新刻玉茗堂批评焚香记》。这些评语的著作权，不论是归到李贽还是归到汤显祖名下，都缺少旁证。参见吴书荫为《焚香记》写的序，《焚香记　偷甲记》，第2页。

② 《焚香记　偷甲记》，第1页。

的是戏剧家怎样对这些常见母题进行机智灵活的变用。他指出，《焚香记》的作者善于对这些母题进行“串插”和“结构”，从而使得这些母题在一个不同的语境中获得了新的意义。

《焚香记》这位评论家的观点，牵涉一系列有关成规与发明、模仿与创造、传统与转化、延续与变异的问题。下面我们就会看到，这位传统批评家的观点与中国现代批评家的观点形成鲜明的对照。

中国文学缺少发展变化，这是中国现代批评家普遍持有的一个观点。在讨论中国小说时，鲁迅说：“许多历史家说，人类的历史是进化的，那么，中国当然不会在例外。但看中国进化的情形，却有两种很特别的现象：一种是新的来了好久之后而旧的又回复过来，即是反复；一种是新的来了好久之后而旧的并不废去，即是羼杂。然而就并不进化么？那也不然，只是比较的慢，使我们性急的人，有一日三秋之感罢了。文艺，文艺之一的小说，自然也如此。例如虽至今日，而许多作品里面，唐宋的，甚而至于原始人民的思想手段的糟粕都还在。今天所讲，就想不理会这些糟粕——虽然它还很受社会欢迎——而从倒行的杂乱的作品里寻出一条进行的线索来。”①

① 鲁迅：《中国小说的历史的变迁》，作为附录收入《中国小说史略》（北京：人民文学出版社，1973），第268页。

中国现代有一部分学者对于历史的理解深受“进化”观念的影响，鲁迅可以说是这类学者的一个代表。这些学者根据他们对达尔文进化思想的理解，把历史看作是一个线性的、进步的过程。在这种对历史的理解中隐含着一套价值观系统，其内涵是推崇新的东西而唾弃旧的事物。例如，在上述引文中，鲁迅用贬斥性的词语去描述中国小说史，把它形容为一个“倒行的”历史过程。

鲁迅对于传统和创新的看法，颇有五四时期知识分子激烈的反传统主义特征。他的这种文学观念与中国传统的文学观念形成了强烈的对比。

中国传统文学思想之不同于中国现代文学思想，并不在于传统文学思想中是不是有关于创造和创新的理想，因为中国传统诗学中明显地并不缺少提倡新颖性、独创性的言论。问题的关键是怎样定义创新以及怎样获得创新。创新是意味着空无依傍、从无到有的创造，还是从旧有的、已存的东西中生产出新的东西？创新的实现，是通过对传统的创造性转化，还是通过与传统的激进决裂？

对于经典和传统的高度尊崇，本来是中国传统思想和美学的一个突出特征。正如西方汉学家 Donald Holzman 所指出的那样：“没有哪一种文明比中国文明更看重学问，也没有哪一种文明比中国文明更倾向于尊崇其古老的著述。”①

中国传统批评家是怎样处理文学上传统与创新问题的呢？为了考察这个问题，我们不妨从刘勰（465—520）入手考察古代文学批评家的论述。刘勰生活于魏晋南北朝时期，中国最早具有自觉意识的美学正是在这个时期发展起来的。刘勰的《文心雕龙》一书，是中国传统文学文化中罕见的试图建立一种系统性文学理论的著作。

在这部对文学展开全面论述的著作中，有关传统与创新问题的论述占有不小的分量。刘勰对文学史的看法，最集中地体现于其主要理论信条之一“宗经”。

刘勰的“宗经”信条，是依据他关于文学起源和文学性质的理论推衍出来的。在《文心雕龙》第一章《原道》中，刘勰详细阐述了一种文学形而上学理论。在这个形而上学理论框架中，文学被看作是“道”（宇宙的运行原则）的显示。② 根据这个理论，文学史是由圣人发端的。最初是圣人观察了天的模型，然后把这个模型表现于文本中的。用刘

① Donald Holzman, “Confucius and Ancient Chinese Literary Criticism”, *Chinese Approaches to Literature*, ed. Adele Austin Rickett (Princeton: Princeton University Press, 1978), p. 21.

② James J. Y. Liu, *Chinese Theories of Literature* (Chicago: The University of Chicago Press, 1975), p. 16.

勰的话说："爰自风姓，暨于孔氏，玄圣创典，素王述训，莫不原道心以敷章。"①

因为圣人把握了"道"并把它表现于著述中，这些著述便成为"经"（经典）。"经"，正如它们所表现的"道"一样，是永恒的、绵延不绝的。依照刘勰的表述，就是"道沿圣以垂文，圣因文而明道，旁通而无滞，日用而不匮"②。

正是在这种文学形上论的基础上，刘勰发展出"宗经"的理论信条。经典是所有文学形式的源头，是后世文学取之不尽、用之不竭的源泉，后世文学必须返回这个源头才能够得到更新。经典既然是永恒法则的显现，它们就是供后世作家模仿的完美模型。刘勰认为："是以往者虽旧，余味日新，后进追取而非晚，前修文用而未先。"③

从文学史的角度来看，经典既是一个文学传统的源头，也是它的原初模型，后世文学作品便是这些模型的变奏或变异。在刘勰看来，传统与变异之间的关系是一种辩证的关系。

在第29章末尾的"赞"中，刘勰总结了他对

① 详情请参见刘勰著，黄叔琳注，李详补注，杨明照校注拾遗：《增订文心雕龙校注》上册（北京：中华书局，2012），第1～2页。

② 《增订文心雕龙校注》上册，第2页。

③ 《增订文心雕龙校注》上册，第27页。

文学史上传统与变迁问题的看法："文律运周，日新其业。变则其久，通则不乏。"①

刘勰关于"通"和"变"的概念来自《周易》。《周易》的《系辞》中曾说："穷则变，变则通，通则久。"② 这个关于"通"和"变"的辩证原则，可以用来解释文学的历史过程。变化是必要的，因为正是通过变化，一个文学传统才能得到延续。如果没有变化的话，文学传统的寿命无法长久。

不过，变化是"不变"因素的变奏，而"不变"因素就是经典作品或它们所代表的原初模型。③

在刘勰看来，经典所提供的模型是文学创作的前提条件。他认为："若夫熔铸经典之范，翔集子史之术，洞晓情变，曲昭文体，然后能孚甲新意，雕画奇辞。昭体，故意新而不乱；晓变，故辞奇而不黩。"④

如果作者忽略早已存在的模型，很有可能创作出不成功的作品。刘勰警告说："而跨略旧规，驰骛新作，虽获巧意，危败亦多。岂空结奇字，纰缪而成经矣？"⑤

---

① 《增订文心雕龙校注》中册，第394页。

② 《周易正义》，收入《十三经注疏》上册（北京：中华书局，1980），第74页。

③ "经"有"恒常不变"的意思。

④ 《增订文心雕龙校注》中册，第385页。

⑤ 《增订文心雕龙校注》中册，第385页。

刘勰对于传统和变化问题的总的看法，可以归结如下：经典是恒久不变的典范，而文学成就的获得，则是对这些典范的成功变用。文学传统最初是由这些恒久不变的模型创造出来的，其延续则是靠对这些模型的反复变用。

刘勰对于传统和创造之间的辩证关系的看法，在后世批评家中不断得到回应。对于后世批评家来说，核心问题之一是怎样在传统中进行变奏。

对于这个问题的讨论，盛唐时期著名诗人王昌龄（698—756）是从模拟和转化角度入手的。他所强调的重点，是用新的方式去处理旧的材料，认为："学古文章，不得随他旧意，终不长进。皆须百般纵横，变转数出。"①

晚唐著名批评家司空图（837—908），则是从传统与创造的角度来论述这个问题："乘之愈往，识之愈真。如将不尽，与古为新。"② 司空图的"与古为新"的说法，被宋代的诗人和批评家以略有不同的表述方式发展成为一个核心理论信条。

因为唐代诗人已经把诗歌艺术推向一个难以企及的高度，宋代诗人所面临的挑战，就是如何在前

---

① ［日］遍照金刚著，周维德校点：《文镜秘府论》（北京：人民文学出版社，1975），第139页。

② 司空图：《二十四诗品》，收入何文焕辑《历代诗话》（北京：中华书局，1982），第24页。

代诗人那令人生畏的高峰下为诗歌开辟出一片新的天地。对于宋代诗人来说，传统与创新的关系成为一个核心问题。为了应对这个挑战，宋代诗人发展了一种“挪用”诗学，其核心理论信条是“以故为新”。

最初倡导这个信条的梅尧臣（1002—1060）是北宋早期重要诗人之一。正是梅尧臣为宋代开创了独具特色的诗风。根据陈师道的记载：“闽士有好诗者，不用陈语常谈。写投梅圣俞，答书曰：‘子诗诚工，但未能以故为新，以俗为雅尔。’”①

在传统与创新问题上，宋代最著名的诗人苏轼（1037—1101）也持有与梅尧臣相同的观点。他说：“用事当以故为新，以俗为雅。好奇务新，乃诗之病。”②

对于“挪用”诗学作了最为系统的阐述的是黄庭坚（1045—1105），通常把他视为江西诗派的创立者。“以故为新”是黄庭坚诗学的核心信条。他说：“因明叔有意于斯文，试举一纲而张万目：盖以俗为雅，以故为新。”③

---

① 陈师道：《后山诗话》，收入《历代诗话》，第188页。

② 苏轼：《书柳子厚诗》，见《东坡题跋》，收入杨家骆主编《宋人题跋》（台北：世界书局，1974），第37页。

③ 黄庭坚：《再次韵杨明叔》序，见《山谷诗集·内集》卷一二，四部备要本，第38页。

按照这种观点，“以故为新”是诗人获得创新的最基本的手法之一。黄庭坚给这种创作方法以很高的评价。他说：“老杜作诗，退之作文，无一字无来处。盖后人读书少，故谓韩杜自作此语耳。古之能为文章者，真能陶冶万物，虽取古人之陈言，入于翰墨，如灵丹一粒，点铁成金也。”①

“点铁成金”的比喻，表明黄庭坚所强调的是创造性的转化过程。已有的诗歌表达法像“铁”一样属于原材料，诗人要通过创造性的操作把“铁”变成“金”。

关于如何进行创造性转化，黄庭坚认为有两种方法。他说：“诗意无穷而人之才有限，以有限之才追无穷之意，虽渊明、少陵不得工也。然不易其意而造其语，谓之换骨法；窥入其意而形容之，谓之夺胎法。”②

通过使用上述黄庭坚两种方法中的一种，那么一个诗人可以从已有的诗歌模型中创造出新颖的诗歌作品。

黄庭坚的理论在宋代非常流行，影响巨大，这是因为宋代诗人面临着如何借鉴和超越伟大的唐代

---

① 黄庭坚：《答洪驹父书》，见《豫章黄先生文集》第19卷，四部丛刊本，第23页。

② 转引自惠洪：《冷斋夜话》卷一（长沙：商务印书馆，1939），第2页。

诗歌传统的难题，而他的理论提供了一个解决难题的方法。

到了明代，复古成为文学思想的主流。复古运动的代表是所谓的“前七子”和“后七子”。

在复古派的眼里，中国诗歌在盛唐达到了顶点，而从中唐开始衰落。为了复兴诗歌，他们规划了颇具雄心的改革方案，内容包括树立正统的诗歌传统，确立正确的诗歌模型。他们在如何对待文学遗产问题上的态度是，要越过诗歌已经衰败的宋代和元代，把盛唐诗人作为完美的模型加以仿效。他们在传统与创新问题上的观点，可以概括为一句口号“拟议以成其变化”①。他们相信，通过模拟以前诗人的完美模型，一个诗人可以掌握那些模型，进而创作与那些完美模型相似的诗歌。在他们的观念中，只有在传统之中才能获得创新。②

---

① 提倡这个口号的包括前七子领袖何景明（1483—1521）和后七子领袖李攀龙（1514—1570）。见何景明：《与李空同论诗书》，收入蔡景康编选《明代文论选》（北京：人民文学出版社，1993），第115页。李攀龙：《古乐府序》，收入包敬第标校《沧溟先生集》（上海：上海古籍出版社，1992），第1页。另参见廖可斌：《明代文学复古运动研究》（上海：上海古籍出版社，1994），第125、298～299页。

② 参见 Richard John Lynn，“Alternate Routes to Self－realization in Ming Theories of Poetry”，in *Theories of the Arts in China*，ed. Susan Bush and Christian Murck（Princeton：Princeton University Press，1983），p. 320.

以上对魏晋南北朝到明代的中国文学批评作了一番简单的回顾，从中可以看出，不同时代的批评家一致强调继承传统的重要性。不过，对于继承传统的重视，并不是中国文学思想所独有的倾向，因为在西方文学思想中，也不乏类似的思想倾向。

一位当代西方学者曾指出，在文艺复兴时期的欧洲，存在着模仿传统模型的思想倾向。他说："古典文学所享有的极高声望，以及彼得拉克所享有的类似声望，激励着——有时是逼迫着——16 世纪的作者不断地返回到同样的源头。在诗歌、戏剧和其他古老的体裁中，不仅仅引用典故式的对古典神话加以利用，而且对古典的（或者彼得拉克式的）模型进行实实在在的模仿，这在那个时期是通行法则而不是例外。如果独创性的意思是从事某种前无古人的新颖写作，如果真诚的意思只是简单与作者生活经验相关，那么这些概念无法适用于大部分文艺复兴时期的文学。对一个既有的主题进行变奏处理，在严格地受风格惯例的约束中表达情感的能力，这些才是文艺复兴时期的规范。"①

正如在中国传统文学理论中一样，在文艺复兴时期的文学观念中，创造性并不是被理解为一空依傍、戛戛独造。模仿也并不带有贬义。Richard

① A. J. Krailsheimer, ed. *The Continental Renaissance 1500 – 1600* (Middlesex: Penguin Books, 1971), p. 15.

S. Peterson 指出："在整个欧洲文艺复兴时期，模仿一直是一个备受争议的概念。返回古代源头，这是对几乎所有人都具有感召力的一个想法；不同派别之间的激烈争论恰恰在于如何返回古代源头。是应该像西塞罗派（以及彻底的彼得拉克派）所认为的那样专心模仿一个模型呢，还是应该寻找各种不同的模型呢？如果是后者，应该如何以及在多大程度上去忠实地模仿、吸收和公开承认这些模型呢？"①

模仿不被看作是创新的一种障碍，而被视为变化和实验的一种机制。Rosalie Colie 指出："在我看来，尽管占主流的模仿（mimesis）概念对于文艺复兴时期的文学创新经常起到的是束缚作用，另一个版本的模仿（imitation）概念，单纯指对形式模型的模仿，尽管它具有内在的保守态度，却是一个促进文学变化和想象力实验的因素。"②

综上所述，对以往模型的模仿，从以往模型中派生出新的作品，在中国和西方文学史的某些时期是被视为文学创新的一个必要条件的。

---

① Richard S. Peterson, *Imitation and Praise in the Poems of Ben Jonson* (New Haven: Yale University Press, 1981), p. 4.

② Rosalie L. Colie, *The Resources of Kind: Genre-Theory in the Renaissance*, ed. Barbara K. Lawalski (Berkeley: University of California Press, 1973), p. 8. Colie 此处谈到模仿的两个版本。第一个版本的模仿，指的是对现实的模仿。这种意义上的模仿与我们的论题没有关系，故不赘言。

模仿和派生现象在中国文学中十分普遍，现代学者为了阐明这个现象，做了持续不断的努力。① 有关中国小说和戏剧中派生现象的现代学术研究成果，大致可以分为三类。第一类成果集中于研究一部重要文学作品的演变。② 第二类着重于“续书”现象的研究。③ 第三类研究的是原型人物，着重于追溯一个人物在不同体裁和不同时代得到什么样的文学处理。④

---

① Karl Kao 曾尝试对中国叙事文学中的这个现象进行理论描述。参见 Karl Kao, “Aspects of Derivation in Chinese Narrative”, *Chinese Literature: Essays, Articles, Reviews* 7 (1985), pp. 1 – 36.

② 中文出版的有关论著不胜枚举，下面仅举几部英文论著为例。Richard G. Irving, *The Evolution of a Chinese Novel: Shui – hu chuan* (Cambridge, Mass.: Harvard University Press, 1953). Patrick Hanan, “The Sources of the *Chin Ping Mei*”, *Asia Major*, Ns 10: 1 (1963), pp. 23 – 67. Glen Dudbridge, *The Hsi – yu chi: A Study of Antecedents to the Sixteenth – Century Chinese Novel* (1970). David Johnson, “The Wu Tzu-hsu Pien-wen and its Sources: Part I”, *Harvard Journal of Asiatic Studies* 40 (1980), pp. 93 – 156; “Part II”, pp. 465 – 505.

③ Ellen Widmer, *The Margins of Utopia: Shui-hu hou-chuan and the Literature of Ming Loyalism* (Cambridge, Mass.: Harvard University Press, 1987).

④ James I. Crump, “Liu Chihyuan in the Chinese ‘Epic’, Ballad, and Drama”, *Literature East and West* 14 (1970), pp. 154 – 171. Ellen Widmer, “Xiaoqing's Literary Legacy and the Place of the Woman Writer in Late Imperial China”, *Late Imperial China* 13: 1 (June 1992), pp. 111 – 155.

与本领域的以往研究成果不同，本书的主旨是研究情节模型的变用。从理论方法上讲，本书采用叙事语义学作为分析工具。

三、叙事语义学

文学语义学是对文学文本意义的研究。文学语义学的基本理论假设是“没有任何意义是没有结构的”，或者换个说法，“没有结构便没有意义”。①

结构语义学是文学语义学的一个分支。关于结构的重要性，Lubomir Dolezel 指出：

> 内容的结构化是不言自明的公理；文学中的内容是结构化的，是不能够脱离其结构化而单独加以研究的。②

作为文学语义学一个分支的叙事语义学，其焦

① Lubomir Dolezel, “A Semantics for Thematics: The Case of the Double”, in *Thematics: New Approaches*, ed. Claude Bremond, Joshua Landy and Thomas Pavel (Albany, N. Y.: State University of New York Press, 1995), p. 92.

② Lubomir Dolezel, “A Semantics for Thematics: The Case of the Double”, in *Thematics: New Approaches*, ed. Claude Bremond, Joshua Landy and Thomas Pavel (Albany, N. Y.: State University of New York Press, 1995), p. 91.

点是“对呈现于叙事文本（以及其他符号‘媒介’，如电影、电视剧、连环漫画等）中的故事的叙事结构进行研究”①。

对一个叙事文本的不同结构层次，可以使用语义宇宙、叙事世界和情节等概念加以描述。一个文本的语义宇宙，指的是这个文本所暗示的意义总和，其中既包括叙述者发表的概括性议论，也包括读者做出的推断。②

一个叙事文本构建起一个叙事世界，这个叙事世界是由文本所宣称的事实总和构成的。叙事世界与语义宇宙不同，它不包括叙述者的评判言论和读者的阐释意见。③

叙事事实的“真实性”是由隐含作者通过“赋真（赋予真实）”功能给予担保的。④ 一个叙事世

---

① Lubomir Dolezel, “Narrative Worlds”, in *Sound, Sign, and Meaning: Quinquagenary of the Prague Linguistic Circle*, ed. Ladislav Matejka (Ann Arbor, Michigan Slavic Contributions, No. 6, 1978), p. 543.

② Marie-Laure Ryan, *Possible Worlds, Artificial Intelligence, and Narrative Theory* (Bloomington: Indiana University Press, 1991), pp. 111-112.

③ Marie-Laure Ryan, *Possible Worlds, Artificial Intelligence, and Narrative Theory* (Bloomington: Indiana University Press, 1991), pp. 111-112.

④ 参见 Lubomir Dolezel, “Truth and Authenticity in Narrative”, *Poetics Today* 1: 3 (1980), pp. 7-25.

界可以进一步划分为各种不同的叙事领域。

叙事世界的基础是“事实”领域，它包括叙事世界里的所有物理状态和物理事件。除了这个“事实”领域，每个人物都有其自己的领域。一个人物的领域包括他的特性、身体行动和心理活动。一个人物领域中的心理事件构成了他的内心领域。①

一个叙事文本的情节是事实领域的经过合理化解释的结构。事实领域中的物理事件，只有当它们之间通过因果关系联系起来并且与人物的内心领域联系起来，才能够得到理解。②

物理事件是被心理事件“中介化”了的行动，心理事件为行动提供了动机。行动是受某些规则制约的，缺少这些规则，行动的意义不可能得到完全理解。

对于制约行动的规则系统，可以使用叙事模态加以描述。Dolezel 提出，可以用以下模态来研究叙

① Thomas G. Pavel, “Narrative Domains”, *Poetics Today* 1: 4 (1980), pp. 105 – 114. Lubomir Dolezel, “Possible Worlds and Literary Fictions”, in *Possible Worlds in Humanities*, *Arts and Sciences*: *Proceedings of Nobel Symposium* 65, ed. Sture Allén (Berlin: Walter de Gruyter, 1989), p. 234. Marie – Laure Ryan, pp. 112 – 114.

② Marie – Laure Ryan, *Possible Worlds*, *Artificial Intelligence*, *and Narrative Theory* (Bloomington: Indiana University Press, 1991), pp. 264 – 265.

事文本。①

第一，真势系统，包括可能、不可能和必然。

第二，道义系统，包括允许、禁止和义务。

第三，价值系统，包括好、坏、不好不坏。

第四，认知系统，包括知道、不知和相信。

在以上四个系统中，真势系统可以用来描写叙事世界的事实领域。它界定了在一个特定的事实领域中某些行动的可能性和不可能性。比如，一个事实领域可以分成超自然领域和自然领域两个领域。在超自然领域里，人物所做的某些行动在现实世界中是不可能的，而在自然领域，人物行动服从自然法则。②

价值系统、认知系统和道义系统可以用来描述一个叙事世界中不同领域之间的关系。因为叙事冲突是由不同领域之间的互动或同一个领域中不同系统之间的互动所产生的，这些模态系统特别有助于我们理解叙事冲突、主题和情节。

首先，叙事冲突可以在事实领域与人物领域之间产生。

价值系统界定了人物的欲望和恐惧。从一个人

① Lubomir Dolezel, "Narrative Modalities", *Journal of Literary Semantics*, 5 (1976), pp. 5 – 14.

② Lubomir Dolezel, " Towards a Typology of Fictional Worlds", *Tamkang Review*, 14: 1 – 4 (1983), pp. 267 – 268.

物的角度来看，如果他的欲望在一个叙事世界里得到满足，那么这个叙事世界将被标记为“好”；如果他的欲望没有得到满足，那么这个叙事世界将被标记为“坏”；如果认为这个叙事世界还是可以接受的，那么它将被标记为“不好不坏”。举例来说，如果他的欲望在这个世界没有得到满足，他可能会采取行动来改善令人不满意的世界状况，而他的行动会引出“追寻”的主题。①

认知系统界定人物的知识和信念。一个人物可能“知道”叙事世界里的某些事实，也可能对这些事实“不知”。他也可能“相信”某些事实的真确性。如果他的信念与事实不相吻合，可以说他持有“错误的信念”。例如，如果一个人物的知识不完整，那么谜案将会引出调查的主题，而这正是推理故事的典型主题。②

道义系统界定人物的社会义务和私人义务。根

① Lubomir Dolezel, "Narraticve Modalities", *Journal of Literary Semantics*, 5 (1976), pp. 8 – 9. Marie – Laure Ryan, *Possible Worlds, Artificial Intelligence, and Narrative Theory* (Bloomington: Indiana University Press, 1991), pp. 117 – 118、121.

② Lubomir Dolezel, "Narraticve Modalities", *Journal of Literary Semantics*, 5 (1976), p. 9. Marie – Laure Ryan, *Possible Worlds, Artificial Intelligence, and Narrative Theory* (Bloomington: Indiana University Press, 1991), pp. 114 – 116、121.

据社会规则和道德原则，人物的行动可以被标记为允许的、禁止的和义务的。如果一个人做了一个被禁止的行动，他可能会受到惩罚，而这就会产生一个“禁止—违禁—惩罚”的主题序列。在道义系统中，行动也可以被标记为获得功绩（积分）和犯了过失（欠债）。当一个人取得功绩的时候，他将会得到奖赏，这就产生了“使命—完成—受奖”的主题序列。积分和欠债也可以表述为一种合同。当一个人做出承诺的时候，他就创造了一个义务，在他兑现诺言之前，他将处于欠债状态。①

叙事冲突不仅发生于事实领域和人物领域之间，而且发生于一个人物领域之内。

比如，冲突可以发生于一个人物的价值系统与道义系统之间：他只有做出一个道德上错误的行动才能满足他的欲望。②

冲突也可能产生于不同人物的内心领域之间。当一个人物的内心领域得到满足的时候，也许会导致另一个人物的内心领域得不到满足。当不同人物

---

① Lubomir Dolezel, "Narraticve Modalities", *Journal of Literary Semantics*, 5 (1976), p. 8. Marie - Laure Ryan, *Possible Worlds, Artificial Intelligence, and Narrative Theory* (Bloomington: Indiana University Press, 1991), pp. 116 - 117、121.

② Marie - Laure Ryan, *Possible Worlds, Artificial Intelligence, and Narrative Theory* (Bloomington: Indiana University Press, 1991), pp. 121 - 122.

的内心领域互相兼容的时候，人物之间形成合作的关系；当他们的内心领域不兼容的时候，他们之间的关系是敌对的。①

除了以上能够产生叙事冲突的模态系统，还有一个意图系统。② 意图系统描绘的是一系列心理运作，这些运作在人物努力解决冲突的时候对他们起着引导作用。这些心理运作包括评估事态、设立目标、完善计划、对计划实施后会产生的结果做出预测。这些心理运作是动机的认知因素。③

上述模态系统提供了一个框架，可以把人物的行动、动机与社会符码、文化符码联系起来。Dolezel 指出："人被赋予或大或小的行动能力，被束缚在预先制定的角色中，面对社会的规定和禁忌，受到价值和负价值的包围，遭到强大的意识形

① Lubomir Dolezel, "Narrative Modalities", *Journal of Literary Semantics*, 5 (1976), p. 8. Marie－Laure Ryan, *Possible Worlds, Artificial Intelligence, and Narrative Theory* (Bloomington: Indiana University Press, 1991), p. 122.

② 参见 Marie－Laure Ryan, *Possible Worlds, Artificial Intelligence, and Narrative Theory* (Bloomington: Indiana University Press, 1991), p. 124. 作者在此处谈到一个意图世界。

③ Lubomir Dolezel, "A Thematics of Motivation and Action", in *Thematics: New Approaches*, pp. 60－61. Marie－Laure Ryan, *Possible Worlds, Artificial Intelligence, and Narrative Theory* (Bloomington: Indiana University Press, 1991), pp. 130－139.

态的操纵。”①

叙事语义学是一种经验性理论，它提供的模型可以用来对具体的叙事文本作出确切的语义阐释。不过，正如Dolezel所说：“作为经验性研究工具的模型，其目的是为我们提供一种可以用于描述的元语言。然而，必须强调的是如下事实，即一个抽象模型与一个具体文本之间的相遇，并非是对模型的机械式的‘应用’、重申和再次肯定。相反，这种相遇是一个复杂的认识过程，其产生的结果不单是利用模型对文本构成要素进行确认，而更重要的是在文本的整体中发现这些要素的特定相互关系、功能、变动等。”②

① Lubomir Dolezel，“A Thematics of Motivation and Action”，in *Thematics：New Approaches*，p. 64.

② Lubomir Dolezel，“Literary Text，Its World and Its Style”，in *Identity of the Literary Text*，ed. Valdes and Owen Miller (Toronto：University of Toronto Press，1985)，pp. 190－191.

第二章

典范情节的形成：背叛——报应模型

家庭出身、社会关系、文学声誉甚至性格特点，都是决定能否获胜的重要因素。有时候，甚至最高一级的考试还没有举行，进士名单已经预先被确定下来了。为了让主考官预先就对自己有一个好的印象，在考试之前，举子们经常设法把自己撰写的诗文通过各种渠道呈送给主考官过目。这种流行的做法被称为“投卷”。

唐朝的政治体制是由贵族豪门和官僚党派把持的，作为政治体制一个分支的科举制度自然也不例外。那些与贵族世家和官僚权贵有密切关系的举子有更多的机会中举。公平竞争原则在制度上不能得到保障。①

在北宋前期，当政者采取了一系列措施来保障科举考试的公平。通过采用糊名、誊录、锁院制等措施，尽最大可能地保障了考试中的公平竞争。这意味着，举子能否在考试中获得成功，完全取决于自身的文学才华和对儒家经典的掌握。②

宋代的科举制相比唐朝，是一个公平、有效的制度。出身于贫寒家庭的读书人中举，最后成为高级政府官员，这类事迹在有关宋人的记载中屡见不鲜。以范仲淹（989—1052）和欧阳修（1007—1072）为例，他们都是中国历史上有名的人物。范

---

① 金诤：《科举制度与中国文化》，第72～77页。

② 金诤：《科举制度与中国文化》，第72～77页。

仲淹幼年丧父，母亲改嫁，生活贫寒。他读书的时候连吃饭都有困难，有时只能吃粥。① 像范仲淹一样，欧阳修也是幼年丧父。家庭无力供他读书，母亲只好以荻草秆在沙地上写字，教他认字。② 尽管如此，范仲淹和欧阳修都在科举考试中获胜，继而成为声誉卓著的官员，最后做到参知政事（相当于副宰相）的职位。

在宋代，人们普遍相信，只要读书好、有学问，一个普通平民也可以出人头地，而证明其学问高低的唯一途径就是通过他在科举考试中所取得的成绩。

宋代人的这种流行信念最简明扼要地反映在《神童诗》中，这一组诗歌经常被用作儿童的发蒙教材。③

下面是《神童诗》的第一首诗。

朝为田舍郎，暮登天子堂。
将相本无种，男儿当自强。④

① 见《宋史·范仲淹传》，《宋史》卷三一四（北京：中华书局，1977），第29册，第10267页。

② 见《宋史·欧阳修传》，《宋史》卷三一九，第30册，第10375页。

③ 此通常被认为是汪洙所作，他于1100年考中进士。

④ 《神童诗》，收入乔桑、宋洪主编《蒙学全书》（长春：吉林文史出版社，1991），第1604页。

科举考试几乎成为男人提高社会地位、满足物质欲望的唯一途径。宋代有很多流行诗歌鼓励年轻人为了获取物质财富而努力学习。[①] 其中有一首“劝学文”，被认为是出自宋真宗之手。

富家不用买良田，书中自有千钟粟。
安居不用架高堂，书中自有黄金屋。
出门莫恨无长随，书中车马多如簇。
娶妻莫恨无良媒，书中有女颜如玉。
男儿欲遂平生志，六经勤向窗前读。[②]

在唐末五代时期的战乱中，贵族作为一个阶级被消灭了。到了宋代，士大夫成为社会上唯一享有特权的阶层。宋代的这种社会现实在《神童诗》的下面一首诗中也得到了反映。

天子重英豪，文章教尔曹。
万般皆下品，唯有读书高。[③]

---

① 即使像司马光和王安石这样的著名学者和政府大员也写过这一类的诗。参见金诤：《科举制度与中国文化》，第138页。

② 转引自金诤：《科举制度与中国文化》，第138页。

③ 《神童诗》，收入乔桑、宋洪主编《蒙学全书》，第1602页。

我们在下面的讨论中会看到，宋代人的上述流行信念将成为行动规范，制约着典范情节中人物的行动。

经过改革后的宋代科举制度，保障了来自不同社会背景的应试者之间的公平竞争。在这种情况下，应试者是否获得成功完全取决于他们写文章的才能。这种为国家文官政府选拔行政人才的制度看起来开放而又公平，但是，即使在它的黄金时代即北宋时期，就已经受到严厉的批评。科举制招致批评的原因有多种，其中，“人们首先要注意到儒家对品德的强调和国家征召有能力的人才之实际需求之间的冲突”①。科举制的这种内在矛盾，引起了北宋改革家们的注意。

北宋时期，有过三次改革的尝试，分别由范仲淹、王安石（1021—1086）和蔡京（1047—1126）发起。在这三次改革运动中，都包括了对科举制进行改革的提议。尽管不同的改革家有着各自不同的改革议程，但他们试图改革科举制的目的是相同的，即应该“根据品德而不是根据能力或才华来征召”行政官员。② 改革引起了激烈的争论，当时的

---

① J. A. G. Roberts，*A History of China*（Phoenix Mill，UK：Alan Sutton Publishing Limited，1996），p. 143.

② John W. Chaffee，*The Thorny Gates of Learning in Sung China*（Cambridge：Cambridge University Press，1985），p. 78.

著名学者和高级官员大部分参与了争论。

才华与品德之间存在的潜在冲突，构成了状元弃妻典范情节的一个文化“潜文本”。在宋代，即典范情节的形成阶段，状元的品德和才华在人们观念中形成了鲜明的对立关系。状元的品德遭到质疑，而他的才华被预先设定为确凿无疑的。这也许是宋代科举文化的一个独有特征：科举制的公平得到普遍的承认，而人们认为科举制的唯一缺陷在于它无法考核应试者的品德。①

在典范情节的早期阶段，状元的品德遭到质疑，但质疑的并不是他应考的动机。如果他的应考动机得到明确的表述，如在《张协状元》中就是如此，那么其动机比前面引用的那些诗歌中所表述的流行信念并不显得更高尚。② 简而言之，他参加科举考试的目的是为了获取名利，提高家庭的社会地位。在宋代作品里，这种动机并不被认为是多么卑下、低劣。

在典范情节的形成阶段，状元遭到质疑的是他

① 到了明清时期，应试者的才能遭到严重质疑。这方面最有名的例子是吴敬梓（1701—1754）的《儒林外史》，小说中描述了很多缺少基本文化能力的人在科举中获胜。

② 到了明清时期，参加科举考试者的动机受到批评。比如《儒林外史》中，臧蓼斋说等他考中了，做了县官，他就要“穿螺蛳结底的靴，坐堂，洒签，打人”。见吴敬梓：《儒林外史》（北京：人民文学出版社，1958），第314页。

与其情人或妻子的关系。宋代作品所着重表现的主题是举子中举之后，马上就非常无情地抛弃了他的女人。

除了《赵贞女蔡二郎》之外，产生于宋代的作品具备一个共同特征，即准备应举的士人在远离家乡的地方遇见一个女子，与她订了婚约。他是在他家庭不知情的情况下订的婚约，这样一来，当他离开那个女子的时候，他与那位女子解除婚约就变得容易了。准备应举的士人离开家乡、外出游学，本来就是宋代科举文化中的一个重要成分，在小说和戏剧中，它变成了一种结构手段。

外出旅行是科举文化的一个鲜明的特征。“流动性比任何其他事情更能将科举应试者与社会上的其他人群区别开来。科举应试者不断地流动，访问其他应试者，向著名学者请教，到学校和书院上学，参加考试。”① 有时候，他们会陷入难以预料的处境，于是他们的旅行变成了历险。

> 在那样一个世界里，急需花钱也不可能打电报让父母汇款，去远处旅行可能成为一种危险行动。对于举人来说，这种危险的可能性更大，因为他要离开州郡，而在自己的州郡，他

---

① John W. Chaffee, *The Thorny Gates of Learning in Sung China* (Cambridge: Cambridge University Press, 1985), p. 172.

> 本人和家族可能为更多的人所熟知。他要去京城参加考试，路上可能会遇到土匪、小偷以及收取过路费的衙役。①

在我们下面将讨论的典范情节里，应试者的游学使他进入女主人公的领域，他去京城的旅行使他在考试中获胜，而他的考试成功给了他抛弃女主人公的动机。

在本章中，我们将分析产生于宋代的两篇文言小说和一部南戏。这几部作品是典范情节最早形成的一个模型。这个情节模型中包含着一个“背叛—报应”的结构。

一、早期模型的范式：小说《王魁》

王魁故事的重要性可以从两个方面看出。其一，它产生于北宋时期，因此是状元弃妻典范情节的最早代表。其二，它在12世纪被写成了一部南戏《王魁负桂英》。尽管这部戏没有流传下来，它却是目前所知最早出现的两部南戏之一，另一部是《赵贞女蔡二郎》。两部南戏都包含了状元弃妻的典范情节。

---

① John W. Chaffee, *The Thorny Gates of Learning in Sung China* (Cambridge: Cambridge University Press, 1985), p. 172.

王魁的故事产生于11世纪。张师正（1016—?）《括异志》记录了这个故事的最早版本。这个最早版本记录的是有关王俊民的一则轶事，而王俊民是于1061年考中状元后不久便去世的一个历史人物。①

王俊民死后不到20年，出现了一篇内容更为丰富的文言小说《王魁传》，把他描写成一个负心郎的形象。我们下面分析的是在这篇小说的基础上又作了进一步加工描写的一个版本。② 小说有意地省略了王俊民的名字，简单地称他为王魁，即王状元的意思。这篇经过更多加工的小说的题目是“王魁负心　桂英死报”，在下面的讨论中将其简称为《王魁》。

《王魁》从结构上可以分为五个部分。

小说的第一部分讲述了男主人公如何进入女主人公的领域，他们之间如何订了婚约，男主人公又如何从女主人公的领域离开。

在小说的这一部分里，王魁科举考试失利，不愿回家乡，漫游到山东莱州，陷于身无分文的境地。他结识了当地妓女王桂英。桂英为王魁提供住宿和饮食，以便他能够专心读书学习。第二年，到

① 胡士莹：《话本小说概论》（北京：中华书局，1980），第332～334页。

② 见罗烨：《醉翁谈录》，收入《绿窗新话　醉翁谈录》（台北：世界书局，1965），第91～95页。

了应试的时候，桂英把她积蓄的一半给了王魁作为盘缠。在他动身去京城之前，他们到了附近的海神庙，通过一个祭神仪式缔结了婚约。

在这一部分发生的最重要的事件，是王魁发誓要娶桂英为妻。王魁先后三次发誓绝不会抛弃桂英。当桂英把她积蓄的一半给王魁做盘缠的时候，他向桂英发誓说："若贵，誓不相负。"① 后来在海神庙，王魁在海神前发誓说："某与桂英，情好相得，誓不相负。"② 当王魁要去京城考试，桂英送别他时，他又一次重申了他的誓言："盟誓明如皎日，心诚固若精金。"③

王魁和桂英在海神庙举行的祭神仪式，加强了王魁要娶桂英为妻的誓言的庄严性。在王魁说出誓言之后，桂英"解发，以采丝合为双髻"④。在中国传统社会里，女性结婚后要改换发式，所以发式是表达女性婚姻状态的一种象征符号。桂英改变发式的举动说明，她把祭神仪式视为她和王魁的结婚仪式，在仪式举行之后，她将把自己视为一个已婚的女性，将按照已婚女性的身份行事。

故事中的男女主人公都把祭神仪式看作是一个

① 罗烨：《醉翁谈录》，第92页。
② 罗烨：《醉翁谈录》，第92页。
③ 罗烨：《醉翁谈录》，第92页。
④ 罗烨：《醉翁谈录》，第92页。

非正式的结婚仪式。这一点可以从他们在海神庙里做的另一件事中看出来。桂英改变发式之后，“复用小刀，各刺臂出血盈杯，以祭神之余酒和之而交饮”①。歃血为盟是一种古老的仪式，后世社会在结拜仪式上也采用这种仪式，其宗旨是表现缔约者的信守誓言的诚意。男女双方从对方的酒杯里喝酒，则是婚礼仪式上最后一个规定动作。当王魁和桂英完成了这个动作之后，他们相当于完成了一个秘密的婚礼仪式，同时也为他们的婚配缔结了一个神圣的誓约。

王魁发誓非桂英不娶的时候，他是真诚的，然而，他毕竟在法律上没有与桂英结婚。缺少一个正式的婚礼仪式，意味着桂英无法主张她做妻子的权利，当她后来遭到抛弃的时候，也缺少社会和法律的保护。她的这种身份状况，在一定程度上可以说明为什么她后来选择了自杀。

王魁和桂英关系中的一个重要特点，在于他们之间存在着给予者和接受者的关系。桂英是一个妓女，社会地位低于王魁。不过，当她遇见王魁时，她的经济地位高于王魁，所以她扮演的是给予者的角色，在经济上资助王魁，让他有条件读书学习和进京赶考。王魁后来能在科举中取得成功，在很大

① 罗烨：《醉翁谈录》，第92页。

程度上得益于她的资助。王魁可以说在道义方面欠了桂英的债，而他发誓要用娶桂英为妻来偿还她。

在王魁与桂英两情相悦的关系中，似乎有一种双方共享的期望。桂英在王魁身上看到的是一个颇有潜力的科举优胜者。当王魁第一次去访问桂英时，桂英以下述方式预言他必在科场中得胜："某名桂英，酒乃天之美禄，使足下待桂英而饮天禄，乃来春登第之兆。"① 后来，在桂英为送别王魁去京城赶考而置办的宴席上，她再次预言王魁的得胜："以君才学，当首出群公。"② 因为桂英坚信王魁能够科场得胜，所以她期望王魁将来能还报她，那样她就能嫁给一个进士，而进士可以做官，从而改变她的身份，让她从一个妓女成为一个诰命夫人，因为高官的夫人能得到皇帝的封号。至于王魁，他期望通过娶桂英为妻来还报欠她的道义债务。正如王魁自己所说："我客寓此逾岁，感君衣食之用，今又以金帛佐我西行之费，我不贵则已，若贵，誓不相负。"③

在他们共享的这种期望中，存在着给予者和接受者的角色颠倒的可能性。如果这种期望得到实现，王魁将成为给予者，赋予桂英更高的社会地

① 罗烨：《醉翁谈录》，第91页。
② 罗烨：《醉翁谈录》，第92页。
③ 罗烨：《醉翁谈录》，第92页。

位，而桂英将成为接受者，从她与王魁的婚姻中受益。这种共享的期望遭受挫折以及对于挫折的反应，将成为情节发展的重要因素。

在小说的第二部分，男主人公的领域发生了巨大变化，这种变化促使他下决心与女主人公的领域割断联系。小说的这一部分叙述了王魁三场考试接连获胜。当他在最后一场考试即殿试中获胜，成了状元后，他忽然变心，不再写信给桂英了。他的父亲给他订了婚，让他娶一位崔家小姐为妻，他不敢拒绝。在他被任命为徐州通判后，他首先到江南探视父亲，然后到了任所。

王魁的领域在故事的这一部分发生了翻天覆地的变化。就地理位置而言，他离开了莱州，到了京城。后来，他到江南探视父亲，然后到徐州任职。在社会地位方面，他成了状元，在当时的科举文化里，这是一个令人艳羡不已的荣誉。考中状元后，他得到委任，成为一名政府官员。在私生活方面，他与另一个女人订了婚，与桂英断绝了音信。与王魁的领域相反，桂英的领域在故事的这一部分没有发生什么变化。这两个领域之间的鲜明对比说明，在中国传统社会里，男性享有女性不可能享有的社会流动性。男性在社会流动性方面所享有的这种优势，有可能引发男性领域和女性领域之间的不平衡。状元休妻典范情节所探讨的，正是这种不平衡所带来的后果及其道德含义。

对于为什么要抛弃桂英，王魁给出了两个理由："吾科名若此，即登显要，今被一娼玷辱，况家有严君，必不能容。"①

第一个理由，是王魁看到在他的私人生活和公共生活两个领域之间存在着潜在冲突。在传统中国，特别是在宋代，人们普遍相信，一个中了状元的士人在他入仕之后，过不了几年就可以被提拔到六部尚书甚至宰相的职位。这在一定程度上也是历史事实。② 因此，状元的身份使王魁对自己的仕途前程有了更高的期望值。在他对自己的公众生活有了更高期望的时候，他预见到来自他私人生活的一个潜在威胁，具体而言，就是来自桂英领域的威胁。他相信，桂英低贱的妓女身份将会成为他官宦生涯的一个障碍。来自桂英领域的支持使他能够进入公众领域，但是，这两个领域似乎现在要发生冲突。为了解决这个冲突，他决定牺牲桂英这个属于他私人生活的领域，以保证他将来在公众领域取得成功。他对名利的渴望，战胜了他的感情和义务。

王魁决定抛弃桂英的第二个理由，是他看到在他私人生活的两个领域之间，即他父亲的领域和桂英的领域之间存在着冲突的可能性。他的父亲是他

① 罗烨：《醉翁谈录》，第 93 页。

② 参见金诤：《科举制度与中国文化》，第 107 页。

的家庭领域的代表，也是父权的象征。他相信，父亲不会同意自己娶一个妓女为妻。如果他把桂英娶进他的家里，那将会导致父子不和，整个家庭不得安宁。他不敢反抗父权，于是决定宁可牺牲他对桂英的个人承诺，也不能惹恼他的父亲。他对血缘关系的忠诚，战胜了他对那个他真诚发誓要娶之为妻的女子的感情。

王魁为自己抛弃桂英找了两个理由。

第一个理由是主要的，起决定性作用的。他抛弃桂英的真实理由，是想清除他那前程远大的仕宦道路上的一个潜在障碍，而中状元则是促使他下定最后决心的一个决定性因素。如果他没有中状元，他对仕宦前程也就不会产生那么高的期望，他也许就没有那么急迫地要抛弃桂英。

至于第二个理由，即他父亲可能会反对他娶一个妓女为妻，这种可能性在他参加考试之前就应该在预料之中。所以，第二个理由不过是为了减轻自己的责任、坚定自己抛弃桂英的决心而找的冠冕堂皇的借口。

中状元之后，王魁决心抛弃桂英，这是小说情节的一个转折点。在此之前，他与桂英保持着密切的联系。在此之后，他开始割断与桂英的联系。在他第一场考试得胜后，他写了一封信给桂英，其中附有一首诗。诗的最后两行是："来春我若功成去，好养鸳鸯作一池。”① 这首诗说明，他那时仍然期待着与桂英团圆，像一对鸳鸯一样幸福相伴。但是，当他殿试中了状元后，他决定不再给桂英写信。当王魁跟桂英在一起的时候，他是真诚地爱着桂英的；当他发誓要娶桂英的时候，他的誓言也是发自内心的。所以，小说并没有把王魁下决心斩断情缘的过程描写成一个轻松的过程。当桂英得知王魁中了状元后，她写了一封信给他，信里还有两首诗给他道喜。王魁读了信之后：

> 涕下交颐，曰：吾与桂英，事不谐矣！②

王魁心中有愧，却没有给桂英回信。当桂英听说给新考中的进士举行的欢庆宴会已经结束，她又写了一封信给王魁，信中附有一首诗。尽管王魁“得书涕泣”③，却仍然没有给她回信。

当王魁还在“隐忍未决”④ 的时候，父亲给他订了崔家小姐为婚的消息传来，这个消息促使他下定了抛弃桂英的决心。父亲替他包办了婚姻，这件事使他卸掉继续与自己良知搏斗的负担。父亲的命

① 罗烨：《醉翁谈录》，第 92 页。
② 罗烨：《醉翁谈录》，第 93 页。
③ 罗烨：《醉翁谈录》，第 93 页。
④ 罗烨：《醉翁谈录》，第 93 页。

令起到了提醒的作用，让他想起对家庭应负的责任和父亲手中的权力，把他拉向自己的家庭领域而离开了桂英的领域。不过，归根到底，还是王魁自己决定要抛弃桂英，父亲的影响只不过进一步巩固了他的决定。

当王魁已经下定决心要抛弃桂英，而且不再给桂英写信的时候，桂英却浑然不觉。她相信王魁会信守诺言，所以继续给他去信。当桂英得知王魁中了状元后，她给王魁寄去一首诗，诗的最后两句是“夫贵妇荣千古事，与君才貌各相宜”①。

从上述诗句中，可以看到桂英对自己与王魁的结合所怀有的信念和期望。

桂英对于婚配的看法，表达的是中国传统社会里一个比较流行的信念，认为有才的男子和美貌的女子的结合是完美的婚姻，即通常所谓的“郎才女貌”。与“郎才女貌”差不多的另一个说法是“才子佳人”，表达的是传奇故事世界里的信念。在产生于帝制晚期的小说和戏剧中，“才子佳人”将成为一个主要的主题。

不过，在中国传统社会，还流行着另外一种观念，要求婚姻中的男女双方具有相同的社会地位，即所谓的“门当户对”。“郎才女貌”表达的是婚

① 罗烨：《醉翁谈录》，第93页。

配基于个人素质的一个理想世界，“门当户对”反映的是嫁娶看重社会经济因素的世俗现实。①

桂英相信她很适合做王魁的妻子，因为她对婚姻的看法是那种基于个人素质的理想的两性结合。在王魁中状元、变心之前，他也持有这种理想的婚配观念。桂英的信念因为如下事实而得到进一步加强，即她会写诗，具备文学才能，这使她更适合做一个才子的配偶。

桂英期待王魁的名望会给她带来荣耀，这种期待是基于如下事实，即王魁爱她，而且欠她的情。但是，最重要的还是他们已经缔结了婚约。当王魁潦倒的时候，她帮助了他。现在王魁在公众生活中获得了成功，他应该给她带来荣耀以便还她的情。她期待王魁还她的情，这是因为她认定王魁是一个品德高尚的人。

桂英预言王魁将在考试中获胜，她的预言被事实证明是正确的。然而，她没有预见到王魁信念的变化。王魁中了状元后，他对婚姻的信念就从“郎才女貌”转变到“门当户对”了。王魁社会地位的

---

① 一般来说，“门当户对”在唐代和唐代以前是主导规范，“郎才女貌”是在宋代开始成为一个流行观念的。参见萧源锦：《状元史话》（重庆：重庆出版社，1992），第335页。值得注意的是，《王魁》是最早一批明确表现“郎才女貌”观念的文学作品之一。

变化，引起他的信念的变化，而他的信念的变化则促使他决心抛弃桂英。由此可见，一个有才华的人不一定是一个有品德的人。才华与品德形成了鲜明对比。

当桂英写诗表达她的信念和期望的时候，她知道王魁的社会生活方面已经发生了变化。但是，她不知道王魁的内心世界所发生的变化，所以她认为王魁仍然还在恪守着誓言。当王魁在思量与桂英结婚会给他带来什么样的损害时，桂英却坚持相信他俩是一对理想的配偶。当王魁已经下定决心抛弃桂英时，桂英却正在盼望着他的名望会给她带来荣耀。在男女主人公两个领域中同时展开的行动，把这两个领域在稳定性方面所存在的巨大差异凸显了出来。

在小说的第三部分，女主人公试图重新建立她的领域与男主人公领域之间的联系，却未能成功。

小说的这一部分叙述桂英听说王魁已经赴任，于是派她的仆人去徐州。王魁拒绝接受桂英的信，命令她的仆人把信带回去给桂英。

虽然王魁不再给桂英写信了，桂英却不知道他已经变心。她仍然根据自己的信念和期望去行动。为了表达自己的爱情和关心，她为王魁做了一件袍子。她写了一封信，派仆人把信送到徐州。她认为王魁收到信后会派人来接她去徐州。

但是，这时候的王魁已经不再需要桂英的资助了。当桂英的仆人来到徐州时，王魁已经是一个由衙役拱卫着的权力人物。他现在身处另一个领域——他的公众生活领域。因为他已经决定与桂英领域割断联系，所以他把桂英的来信看作是对他的领域的令人讨厌的侵扰。虽然他之所以能够进入目前所在的公众生活领域，有赖于来自桂英领域的资助，但是，现在他认为，这两个领域是不相兼容的。桂英的信似乎威胁到他目前所在领域的稳定性，所以他一听到桂英仆人转达桂英的信，马上变得愤怒异常。他毫不犹豫地显示出他刚刚得到的作为一个权力人物的身份，威胁要鞭打桂英的仆人。他拒绝收下桂英的信，这说明他已经下定决心断绝与桂英领域的任何联系。

在小说的第四部分，由于男主人公领域与女主人公领域的分离，导致女主人公领域的毁灭。

小说的这一部分叙述桂英得知王魁抛弃了她，她来到海神庙，在海神前控诉王魁背叛了她，回到家后自杀了。

桂英得知王魁背弃了一定要娶自己为妻的婚姻誓约，于是决定向他复仇。王魁的背叛让她如此痛苦，她唯一能想到的惩罚就是要王魁的命。然而，作为一个女人，她没有足够的体力去亲手杀死王魁。她也无法求助于政府，因为她并没有跟王魁结婚，无法主张一个妻子所享有的权利。在她思量如何复仇的时候，她意识到作为一个女人，自己是多么无能为力！因为海神是她与王魁缔结婚约时的见证人，所以她向海神求助，要求海神做这个案件的判官。

她自杀是为了获得报仇所必需的力量。她在阳间不具备复仇的力量，所以她要去阴间获取这个力量。阴间是那些遭遇不平、力量弱小的人物寻求正义的最后一个场所。桂英死后，她就获得了与神灵交流的能力，可以从神灵那里得到公正的裁决。桂英自杀后，她会成为一个冤死鬼，这将赋予她完成复仇的力量。①

在小说的第五部分，为了惩罚男主人公抛弃女主人公，他的领域被消灭了。女主人公通过进入阴间获得了力量，从而战胜了男主人公的领域。

小说的这一部分叙述海神派他手下的鬼兵帮助桂英。桂英到徐州寻找王魁，但他不在家。桂英在南京找到了王魁，他正在那里担任主考官。桂英在贡院与他当面对质之后，他开始拿刀子捅自己。由于他身边人的阻拦，他没有自杀成功，只是刺伤了

① 根据中国传统社会流行的信仰，一个人冤死后，他（她）的鬼魂可以在阴间提起诉讼，然后返回阳间实施复仇。唐宋时期的很多故事都讲到，被谋害者的鬼魂如何返回阳间，把谋杀者带到阴间去了。

自己。人们请来道士马守素，让他作法，保护王魁不受桂英鬼魂的侵害。马守素降梦给王魁的母亲，告诉她说，他无法救她儿子的命了。[1] 几天之后，王魁用刀子自杀了。

王魁之死在小说中是早有预兆的。当他在海神庙发出要娶桂英为妻的誓言时，他发誓说："若生离异，神当殛之：神若不诛，非灵神也，乃愚鬼耳。"[2] 当他告别桂英，进京赶考之前，他对桂英说："虽死亦相从于地下。"[3]

桂英一死，王魁的死亡也就注定了。当桂英的鬼魂在贡院与王魁当面对质的时候，王魁承认自己有错，但许诺说："我今为汝请僧，课经荐拔，多化纸钱可也。"桂英回答说："我只要汝命，何用佛书纸钱。"[4] 因为他未能守住自己的结婚誓言，结果导致桂英丧命，所以他必须用自己的生命来抵偿桂英的命。

婚姻誓言是神圣的，因为王魁在海神庙的海神像面前发过誓。如果王魁不能坚守誓言，那么任谁

① 道士担任阴间和阳间之间的中介。他利用他的法力从阴间得到一个信息，然后通过降梦的形式把这个信息传达给阳间的人。在中国传统社会无数的神怪故事中，可以见到道士在施展这个功能。

② 罗烨：《醉翁谈录》，第92页。

③ 罗烨：《醉翁谈录》，第92页。

④ 罗烨：《醉翁谈录》，第94页。

也救不了他。阴间的官府象征着道德原则，所以它的力量要大于王魁领域的政治力量。道士马守素通过施展法术降梦给王魁母亲，她在梦中看到："魁与一妇人以发相系，在一官府中。"① 王魁母亲在梦中看到的官府是阴间的官府，很可能就是海神的官府，王魁正在那里等待接受审判。王魁的头发与桂英的头发系在一起，说明他俩的婚约是得到神灵承认的。王魁毁掉婚约，意味着他违背了超自然领域的规范，所以必须在阴间接受惩罚。

桂英的鬼魂找到王魁的时候，他正在南京贡院批阅考试卷子。这不免使读者联想到这篇小说的主旨：这是一篇关于举子的才与德的小说。王魁是科举考试中的优胜者。他的获胜证明了他有才，但也暴露了他的无德。贡院是他利用自己的才华获胜的地方，也是他的不良德行被揭露的地方。贡院对质的场面，浓缩了一个状元的成功与失败，包含着一个有关才华与德行的道德教训。

总结以上分析，可以看出这篇小说体现了一个由五部分组成的结构。

第一部分，两个主人公的领域由一个婚约连接在一起（男主人公与女主人公缔结了一个婚约）。

第二部分，男主人公领域中发生了巨变（他在

① 罗烨：《醉翁谈录》，第95页。

科举考试中获胜）。

第三部分，男主人公割断了与女主人公领域的联系（他毁了婚约）。

第四部分，女主人公的领域被消灭（她因为遭到抛弃而死亡）。

第五部分，男主人公的领域被消灭（她的鬼魂来报仇，导致他的死亡）。

二、早期模型变式之一：小说《满少卿》

《满少卿》是洪迈（1123—1202）《夷坚志》中的一篇小说。《夷坚志》是中国传统社会里个人独立完成的篇幅最大的一部文言小说集，包括2700篇小说。这些小说写于1143—1202年间，编为420卷，但只有206卷流传下来。

洪迈说《满少卿》的故事“略类王魁”①。这个故事与王魁的故事发生在同一个时期，因为洪迈说它发生的时间“至今百余年”②。

这篇小说的结构像《王魁》一样，可以分为五个部分。

在小说的第一部分，首先交代了男主人公姓

---

① 洪迈著，何卓校点：《夷坚志》第4册（北京：中华书局，1981），第1651页。

② 洪迈著，何卓校点：《夷坚志》第4册，第1651页。

满，因为后来做官的缘故（担任少卿之职），所以小说称其为满少卿。小说的这一部分叙述满少卿离家外出，探访亲友，却没有找到亲友。当他处于身无分文、饥肠辘辘的处境时，在他所住旅店附近的焦大郎给他提供了帮助。他每天都去拜访焦大郎，跟焦大郎的女儿有了私情。焦大郎发现后，把女儿嫁给了满少卿。满少卿与焦氏在一起幸福地生活了两年。

这篇小说的第一部分与《王魁》的第一部分一样，都与男女主人公之间的婚姻契约有关。满少卿和焦氏之间的关系与王魁和桂英之间的关系有相似之处。首先，满少卿的社会地位高于焦氏，因为他出身于官宦之家，而焦氏出身于市井家庭。其次，当他进入焦氏领域的时候，他处于逆境，这给了焦大郎帮助他的机会，从而在焦家的领域和他本人的领域之间建立起一个给予者和接受者的关系，这种关系类似于桂英和王魁之间的关系。

不过，两篇小说也有不同之处。桂英是妓女，而焦氏的身份不同。桂英与王魁的关系只是建立在个人的誓约上面，而焦氏则是正式嫁给满少卿的。

小说的第二部分叙述满少卿与焦氏过了两年美满的生活之后，参加科考，中了进士。他回来探望了妻子和岳父，然后到京城等待分配职务。

小说的这一部分有相当内容不同于《王魁》。

满少卿没有像王魁那样一旦考试得胜马上变心。相反，他回来与妻子团聚。当他身穿象征着新晋进士身份的绿袍回到岳父家的时候，邻居们都“歆艳夸诧”①。他给岳父家带来了荣耀，这似乎在一定程度上还报了岳父所施予他的恩德。大概是为了让女婿在赴任旅途上钱囊充裕，焦大郎给了满少卿很多钱，这让满少卿又欠了焦大郎一份情。

女婿考中进士，让焦大郎产生了对女婿的期望。因为他相信女婿做官后很快就能变得很有钱，觉得女婿将来能养活他，所以他开始疏于打理自己的买卖。

在小说的第三部分，满少卿到了京城，被授予官职。他在京城遇见了自己家族的一个人，那人强拉他回到家乡。他的叔父安排他与朱小姐订婚，他不敢拒绝。满少卿与朱小姐成婚，后来做官做到少卿的职位。

王魁考试获胜后马上就变心了，但满少卿不同于王魁，他抛弃焦氏取决于一些偶然因素。当他在京城遇见本家族的那个人时，他并没有要回故乡的意图，因为他的父母早已亡故，他已经把妻子的家乡当作自己的家乡。但是，他的族人拿走了他的行李，他不得不跟随族人返回故乡。回到家乡后，他

---

① 洪迈著，何卓校点：《夷坚志》第4册，第1649页。

的叔父安排他与一个官员的女儿朱小姐订婚。他的叔父曾做过高官，又是家族的族长，代表着父权。满少卿素来畏惧这位性格严厉的叔父，所以不敢拒绝他的安排。满少卿原来没有抛弃焦氏的意图，而他叔父安排他与朱小姐订婚，这使得他“心殊窘惧”①。不过，几天之后，他忽然变了心思，决定抛弃焦氏。

对于为什么要抛弃焦氏，满少卿找了如下所述的两个理由：“彼焦氏非以礼合；况门户寒微，岂真吾偶哉！”②

满少卿在与焦氏结婚之前，先与她有了私情，这说明他对焦氏是满怀爱意的。眼下因为受到叔父的压力，他转而决定牺牲他对焦氏的感情，听从父权的命令。他与焦氏的婚姻，虽然不是由他的家族安排，没有得到家族的认可，也没有完成礼教所规定的那些正常的结婚仪式，但无论如何，这是一桩得到社会和法律承认的婚姻。他以“非以礼合”作为抛弃焦氏的理由，实际上是站不住脚的。这只不过是他为自己变心做辩护而找的一个借口。

满少卿与焦氏结婚后，两人恩爱幸福地过了两年。但是，眼下他叔父安排他娶一个官员的女儿为妻，这让他想到自己的社会地位与焦氏不般配的问

---

① 洪迈著，何卓校点：《夷坚志》第4册，第1650页。
② 洪迈著，何卓校点：《夷坚志》第4册，第1650页。

题，于是他决定抛弃焦氏，与朱小姐结婚。朱小姐人很漂亮，还带来一大笔嫁妆，满少卿甚感满意。结婚之后，他把焦氏给他的香囊和手帕都烧掉了。这显示了他要完全忘掉焦氏的决心。

在《王魁》和《满少卿》这两篇小说中，促使男主人公下决心抛弃女主人公的最重要的因素，是女主人公身份地位不高。桂英做过妓女，她的这个身份可能会给王魁的仕宦生涯带来损害，所以王魁能够以此作为背叛桂英的借口。焦氏虽然家庭出身不算高，但她的身份不会阻碍满少卿仕途发达，所以满少卿以焦氏家世寒微作为抛弃她的理由，他的这个借口比王魁的借口更难令人信服。

在小说的第四部分，焦氏在父亲去世后自己也死了。在小说文本里，焦氏和她父亲的死亡是通过回顾的形式讲述出来的。关于他们死亡的信息，直到小说第五部分满少卿死后才交代给读者。为了便于分析，我们把他们父女死亡这件事按照事件发生的前后顺序还原，提前到这个部分讨论。

跟桂英一样，焦氏也是因为遭到男主人公抛弃而死亡。但是，焦氏不同于桂英，她是一个逆来顺受的人物。桂英之死，是为了报仇而自杀。焦氏之死，则是因为遭到抛弃后忧伤而亡。

在小说的第五部分，20 年后，满少卿到齐州担任知州。焦氏（实际上是她的鬼魂）来到齐州与满少卿团聚。朱氏欣然接纳焦氏，让她作为满少卿的妻子一同居住。20 天以后，满少卿到焦氏房间就寝。第二天早上，人们发现满少卿已死，焦氏不见了。这天晚上，朱氏梦见焦氏，焦氏说她是从阴间回来找满少卿复仇的。

满少卿不知道来齐州与他团圆的是焦氏的鬼魂，所以他才会去找她同寝。这意味着即使过了 20 年，满少卿仍然喜欢焦氏。这也进一步证明了他抛弃焦氏是出于理性的算计。在他抛弃焦氏 20 年之后，当他想与焦氏重谐鱼水之欢的时候，死亡却降临了，这里隐含着对他欲望和命运的巨大反讽。

在《王魁》中，男主人公之所以遭到惩罚，主要是因为他未能信守结婚的誓约。在《满少卿》中，男主人公之所以遭到惩罚，重点在于他没有还报他欠下的情义。焦氏给朱氏托梦说，她之所以要报复，是因为“满生受我家厚恩，而负心若此”。满少卿忘恩负义，导致焦氏和她父亲的死亡，所以他必须以自己的死亡去偿还焦氏父女的死亡。这篇小说把“违禁必须受罚”的原则讲得很清楚。

三、早期模型变式之二：南戏《赵贞女蔡二郎》

《赵贞女蔡二郎》在中国戏剧发展史上占有重

要地位，因为它是两部最早的南戏之一。据徐渭说："南戏始于宋光宗朝，永嘉人所作《赵贞女》《王魁》二种实首之。"① 这部剧曾经被赵闳夫发榜文禁演，他是1190年考中进士的一位皇室成员。

《赵贞女蔡二郎》剧本没有流传下来。它的故事梗概见于京剧《小上坟》的一段唱词中：

> 正走之间泪满腮，想起了古人蔡伯喈。
> 他上京中去赶考，赶考一去不回来。
> 一双爹娘冻饿死，五娘抱土垒坟台。
> 坟台垒起三尺土，从空降下琵琶来。
> 身背琵琶描容像，一心上京找夫回。
> 找到京城不相认，哭坏了贤惠女裙钗。
> 贤惠五娘遭马践，到后来五雷殛顶蔡伯喈。②

这部剧的情节也可以划分为五个部分。

在第一部分，蔡伯喈离开五娘，去京城赶考。这一部分情节与《王魁》同一部分的情节有相似之

① 徐渭：《南词叙录》，收入《中国古典戏曲论著集成》第3册（北京：中国戏剧出版社，1959），第239页。

② 《戏考大全》第1册（上海：上海书店出版社，1990，重印本；原本为《戏考》，上海：中华图书馆，1915—1925），第639～640页。

处，都叙述了男主人公离开女主人公，去京城应试。不过，戏剧故事的这一部分与《王魁》的不同之处在于，蔡伯喈和五娘在故事一开始就是夫妻。维系王魁和桂英之间关系的，是基于誓言基础上的私人性契约。维系蔡伯喈和五娘之间关系的则是婚姻，这是得到社会和法律承认的契约。当王魁未能信守他要娶桂英为妻的誓言时，他违背了为人应该信守诺言的道德准则。不过，他的誓约只不过是他和桂英两人定下的个体之间的义务。蔡伯喈和五娘是夫妻，当他不能信守婚姻契约时，他就违背了所有相关的社会的、道德的和法律的规范。因此，蔡伯喈抛弃妻子，是犯了比王魁更大的罪过。

《赵贞女蔡二郎》与《王魁》的另一个不同之处，跟女主人公的社会地位有关。桂英是一个妓女，五娘则是一位贤惠的妻子。一个男人要有很大的勇气才敢娶一个妓女为妻，因为这是不为社会所接受的。因此，王魁抛弃桂英，虽然在道德上有错，他的行为却是可以理解的，他甚至可以利用社会规范替自己辩护。相比之下，五娘是一位贤妻，蔡伯喈抛弃妻子，就无法找出任何理由为自己开脱。因此，与王魁相比，蔡伯喈抛弃妻子，就承受着更沉重的道德负担，也会受到更严重的谴责。

在戏剧情节的第二部分，蔡伯喈考试获胜，与赵五娘的领域断绝了联系。在家乡，他的父母死于饥荒，赵五娘埋葬了他们。

在这一部分，出现了“孝”的母题。蔡伯喈中举之后，不仅断绝了与赵五娘的关系，而且也断绝了与父母的关系。他的父母死于饥荒，这加重了他的罪过。因为他不仅不是一个忠实于妻子的丈夫，而且也不是一个孝敬父母的儿子。

赵五娘亲自动手“抱土”为公公、婆婆筑坟，这证明了她是一个贤惠的儿媳妇。她亲自安葬公公、婆婆的行动，也使蔡伯喈欠了她一份情义债。父母在世时，奉养父母是儿子的责任；父母去世的时候，安葬他们也是儿子的责任。由于蔡伯喈不在家，赵五娘替他尽了这些责任。为此，蔡伯喈应该更加忠实于赵五娘才对。

赵五娘的孝敬行为感动了上天，于是天上降下一只琵琶。这是对她孝敬行为的一种认可，也是天理存在的一个证明，它预示了蔡伯喈在剧的末尾将要遭受的上天惩罚。

在情节的第三部分，赵五娘踏上了去京城寻找蔡伯喈的旅程。当赵五娘找到蔡伯喈时，蔡伯喈拒绝承认赵五娘是他的妻子。

这一部分的情节与《王魁》第三部分的情节有相似之处。在两部作品中，女主人公都试图与男主人公重新建立联系，但都未能成功。这一部分的情节与《王魁》也有不同之处。在《王魁》中，桂英是派仆人前去找王魁。在《赵贞女蔡二郎》中，赵五娘自己踏上旅程，去京城寻夫。一个孤独的走在漫长的去京城寻夫道路上的女性身影，构成了一个特别感人的意象，它不仅凝缩地展现了京城与故乡之间的地理距离，同时也暗示了丈夫与妻子之间的心理距离。

遭到丈夫拒绝后，赵五娘的反应不同于桂英。桂英马上决定进行报复，显示了她性格的刚烈。赵五娘却只是"哭坏了"，再次显示了她是中国传统中典型的贤惠妻子。因为在中国传统社会里，人们一般认为一个贤惠的妻子能容忍丈夫对自己的虐待。

在戏剧情节的第四部分，蔡伯喈谋杀了赵五娘。戏剧情节的这一部分与《王魁》相同的地方是，女主人公的领域被消灭了。但是，女主人公的死法在两部作品中有极大的差别。尽管王魁抛弃桂英导致了桂英的死亡，但王魁并没有杀害桂英的意图。蔡伯喈却是比王魁更为邪恶的一个人物。他不仅拒绝承认赵五娘为妻，而且还进一步要杀害赵五娘。王魁满足于割断自己领域与赵五娘领域的联系，蔡伯喈却想要把赵五娘的领域完全除掉，而且成功地实施了他的意图。他已经犯了弃妻的罪过，现在又增加了杀妻的罪行。

在情节的第五部分，蔡伯喈遭雷劈而死。从戏剧情节梗概的上下文中，可以合理地推断赵五娘之死与蔡伯喈之死具有一种因果关系：因为蔡伯喈谋害了赵五娘，所以他遭到了报应。作为科举的获胜者，蔡伯喈代表的是有权有势的人。作为被抛弃的妻子，赵五娘代表的是弱小无助的人。通过弃妻和杀妻的行为，蔡伯喈显示出一个无情无义的士人的面目。赵五娘忍辱负重，表明了她是一位贤惠的妻子。蔡伯喈能够弃妻和杀妻，说明有权有势的人可以摧毁弱小无助的人。但这部剧作所要传达的明确无误的道德教训，是正义最终会战胜邪恶。如果属于正义的一方过于弱小，不能在俗世人间战胜邪恶，还存在一个具有更高权力的超自然领域，以保证正义必胜。《赵贞女蔡二郎》包含着这个道德教训，《王魁》和《满少卿》也表达了同样的道德教训。三部作品的不同之处是：在前两篇小说中，女主人公的鬼魂充当了超自然领域和世俗领域之间的中介者，而在这部剧作中，上天直接对作恶者进行了惩罚。这部剧作与前两篇小说的差别，说明了蔡伯喈所犯的罪行比其他两位男主人公的罪行更为邪恶。前两篇小说的男主人公抛弃了妻子，而蔡伯喈则谋杀了妻子。他的罪行如此恶劣，所以应该得到迅速的惩罚，因此，不须假借他妻子的鬼魂之手，上天直接降下了雷霆。

通过以上对《王魁》、《满少卿》和《赵贞女蔡二郎》的分析，我们可以总结出状元弃妻典范情节在其最初形成阶段所包含的一个共同模型。这个模型是一个由五部分组成的结构。

第一部分，男主人公的领域与女主人公的领域通过一个婚姻契约连接起来。

第二部分，男主人公在科举考试中获胜。

第三部分，男主人公断绝了与女主人公领域的联系。

第四部分，女主人公的领域被消灭。

第五部分，男主人公的领域被消灭。

显然，这个故事结构呈现的是一个“背叛—报应”的情节模型。

第三章

典范情节的转向：从报应到团圆

在第一章里，我们讨论了产生于11—12世纪的三部作品。这三部作品有一个颇为引人注目的共同特征，即它们均以男女主人公双双身亡作为故事的结局。对于这种故事结局所隐含的文化意义，也许可以作如下阐释。男主人公通过考中状元获得了强大的政治权力，而面对这种权力，女主人公显得势单力薄，难以抗衡。为了战胜男主人公，女主人公不得不死，因为她只有一死才能获得超自然的力量，然后靠这种超自然的力量去压倒男主人公的世俗权力。神灵、鬼魂或上天等因素在这些故事中出现，直接干预人间事务，昭示了善有善报、恶有恶报的道德信条。这三部作品中隐含的情节模式可以归结为背叛—报应模型。

到了13世纪，状元弃妻的典范情节经历了一次重要的转向。可以用来说明这次转向的作品，便是我们本章讨论的两部戏剧：一部是南戏《张协状元》，另一部是杂剧《潇湘雨》。在这两部剧作中，男主人公仍然是一个背叛妻子的丈夫形象。实际上，他们比先前同类作品中的男主人公更为凶残，因为他们不仅抛弃妻子，而且还试图谋杀妻子。不过，这两部剧的女主人公不必像先前作品中的女主人那样，唯有一死才能获得制服丈夫的权力，而是交上好运，进入了一个比她丈夫的领域具有更大政治权势的领域。这两部剧作最令人感兴趣的特征在于，女主人公没有像先前作品中的女主人公那样利用新获得的权力去报复男主人公，却与她那个犯有弃妻和杀妻罪行的丈夫重归于好，再做夫妻。从作品的上述情节变化中可以看出，在13世纪，状元弃妻的典范情节从早期的背叛—报应模型转化为一个团圆的模型了。

下面通过具体分析两部剧作，我们详细考察这个转型过程。

一、转向模型的范式：南戏《张协状元》

产生于宋代并流传下来的中国戏剧作品只有一部，就是《张协状元》。它也是中国戏剧中有完整剧本流传下来的最早作品。①

① 《张协状元》，见于钱南扬校注：《永乐大典戏文三种校注》（台北：华正书局，1984），第1～217页。

《张协状元》的作者是九山书会中的一个或几个才人。[①] 书会是宋元时期的一种下层文人团体，他们为那些在娱乐场所表演戏剧和说书的艺人撰写脚本，赖此谋生。“九山”是温州的一个地名，经常用来代指温州。由此可知，《张协状元》的作者是浙江温州的一位或几位下层文人。

《张协状元》作于1235年之后，比《王魁》和《赵贞女蔡二郎》两部剧作至少要晚三四十年。[②] 因为上述三部剧的作者均为温州人，因此可以合理地假定，现存《张协状元》剧本的作者对上述两部问世更早的剧作应该有所了解。现存的《张协状元》剧本中虽然没有提及《赵贞女蔡二郎》，却直接提到了王魁的故事。[③]

关于《张协状元》的现存剧本，有些现代学者提出，它并不是一个初创版本。这种观点认为，这部剧的原初版本应该是按照状元弃妻典范情节的最早模型创作的。[④] 这部剧的现存版本以男女主人公

---

① 剧本第2出中提到，它是由“九山书会”所作。见《张协状元》，第13页。

② 参见程千帆、吴新雷：《两宋文学史》（上海：上海古籍出版社，1991），第675～676页。

③ 第20出中，有唱词道：“你莫学王魁薄幸种，把下书人打离听。”《张协状元》，第106页。

④ 参见金宁芬：《南戏研究变迁》（天津：天津教育出版社，1992），第128～130页。

的夫妻团圆作为结尾，而在原初版本的结尾处，则是女主人公死亡，男主人公受惩罚。换句话说，《张协状元》原初版本的情节走向，与《王魁》和《赵贞女蔡二郎》两部早期剧作并没有太大差异。《张协状元》中的两句唱词，经常被现代学者引用，作为他们上述观点的佐证。这两句唱词是："九山书会，近日翻腾，别是风味。"① 这两句唱词提供了有力证据，可以证明《张协状元》的现存版本并非原初版本。不过，这部剧的原初版本是否与状元弃妻典范情节的最早模型一致，仍然是一个难以断定的问题。

《张协状元》中所叙述的故事发生于11世纪前中期。这一点可以根据作品中的一个人物——宰相王德用的生平推断出来。王德用（980—1058）是一个历史上实有的人物，与北宋著名词人柳永（1034年中进士）为同时代人。② 柳永也在《张协状元》中作为一个喜剧人物短暂出场。③

《张协状元》是一部包括53出的篇幅巨大的剧作。④ 这部剧的故事情节可以划分为五个部分。

---

① 《张协状元》，第13页。

② 关于王德用的传记，见《宋史》卷二七八，第14册，第9466～9469页。

③ 《张协状元》第48出，第197～198页。

④ 南戏剧本按照惯例是不分"出"的。《张协状元》分为53出，是其校注者钱南扬划分的。

通过对情节的第一部分的分析，可以把这一部分所发生的事件概括为四个行动序列。第一个行动序列叙述张协离家去京城赶考，第二个序列讲他遇见贫女，第三个序列讲他与贫女结婚，第四个序列讲他离开贫女。

第一个行动序列发生于成都，主要内容是张协离开父母，踏上去京城赶考的旅程。第二个行动序列发生于五鸡山，叙述张协遭到强盗的抢劫和殴打，他到庙里暂时栖身时遇见贫女。第三个行动序列描写张协娶贫女的过程。第四个行动序列讲述贫女为张协筹措去京城赶考的盘缠。

在剧作的这一部分，张协先是进入贫女的领域，然后退出贫女的领域。在他滞留贫女领域期间，他与贫女结了婚。

剧作的这一部分是围绕男女主人公的婚姻关系来组织情节的，这一点与先前的小说颇为相似。在《王魁》和《满少卿》中，男主人公都是在小说的第一部分与女主人公建立了婚姻关系。同样，张协与贫女在剧作的第一部分结了婚。

当张协进入贫女领域时，他是从一个社会地位高的领域进入一个社会地位低的领域。他出身于一个通过放债聚敛财产的富裕家庭，而贫女则是靠纺织为生的手工劳动者。不过，在他进入贫女领域的那一时刻，他正处于困境，他的经济状况低于贫女。他被土匪抢去金珠，遭到殴打，不得不依靠贫女给他提供食物和住宿。男女主人公在社会地位和经济状况之间的这种鲜明对比，与先前小说也是相仿的。在《王魁》和《满少卿》中，男主人公的社会地位均高于女主人公，但是，在他们与女主人公初次相见的时刻，都陷入经济困境之中。

张协与先前小说男主人公的不同之处，在于他结婚的动机。在先前的小说中，男主人公决定与女主人公结婚，其动机是浪漫的爱情和性的吸引力。比如，在《满少卿》中，男主人公是先与女主人公偷情，然后才结婚的。在《张协状元》中，男主人公决定与女主人公结婚，却是出于经济的需要。如果说满少卿与焦氏结婚是因为喜欢她，那么张协娶了贫女则是出于策略算计。

正是张协的算计，使他区别于先前小说中的男主人公。与先前小说中的男主人公一样，张协是在旅途中遇见女主人公的。不过，先前小说的男主人公的旅行似乎是没有明确目的的漫游。无论是王魁还是满少卿，都不是为了实现某个特定目标才踏上旅途的。与他们不同，张协踏上旅途，是为了达到一个特定的目标，即到京城参加科举考试。因为他心目中有这么一个目标，所以他的旅行是一个有目的性的行动。在剧作的第一部分，他的主要行动计划就是到达京城。

五鸡山下遭遇土匪，打断了张协的主要行动计划。他的金珠被抢走，身体受到伤害。天正下雪，他担心自己被冻死。遇匪事件使他陷入绝境，他甚至想要自杀。①

在张协来到庙里遇见贫女之后，他暂时不用害怕自己会冻饿而死了。不过，张协领域里的危机远远没有消除。首先，他仍然担心生计问题。虽然贫女心地善良，为他提供了食宿，但她并没有义务供养他，因为对于贫女来说，张协是一个陌生人。其次，张协担心误了考期，失去参加考试的机会。他已经远离故乡，找不到亲戚朋友为他提供去京城赶考的盘缠。

如果说张协在剧作第一部分的主要行动目标是到达京城，那么如何克服出现于他领域中的危机便是他滞留五鸡山期间的一个次级行动目标。为了达到这个次级目标，张协采取了一个策略步骤：与贫女结婚。张协采用这个步骤，是要达到一箭双雕的目的。首先，一旦贫女成了他的妻子，她就有义务把她的一切都奉献给他，这就意味着在他滞留破庙期间，他的基本生活需求有了保障。在他向贫女提婚之后，他给经常帮助贫女的村民李大公和李大婆解释娶贫女的意图："卑人此住无所倚，幸然娘子

① 《张协状元》第9出，第51页。

没夫婿。”[①] 他后来自己也承认，他娶贫女的原因无非是“宿食图温饱”[②]。其次，张协与贫女结为夫妻，有助于激励贫女去寻找经济资源，以便资助自己离开破庙，重新踏上去京城的旅途。从张协向贫女提婚时的唱词中，不难看出他的这个意图。张协唱道：“一举登科，强在庙里。带汝归到吾乡，真个好哩。”[③]

与贫女结婚不是张协行动计划所要达到的目标，而是实现自己目标的一个手段。贫女不是张协爱慕的对象，而是他为了执行自己的行动计划而招募的一个帮手。张协娶贫女为妻，完全是出于实用的目的。

张协成功地实现了他的次级目标。他与贫女结婚后，他们的关系就颠倒过来了。在结婚之前，对于贫女好心好意地帮助他，他不得不表示感谢，因为贫女是庙的主人，而他是意外闯入的陌生人。结婚之后，他不仅把贫女给他提供食宿视为理所当然，而且还增添了丈夫身份所赋予他的权威，在庙里可以当家做主了。

有一个事件清楚地说明了他们的关系在结婚之后发生了逆转。结婚两个月后，张协想要离开五鸡

① 《张协状元》第 14 出，第 78 页。
② 《张协状元》第 24 出，第 123 页。
③ 《张协状元》第 14 出，第 77 页。

山去京城赶考。因为贫女没有钱给张协做盘缠，所以她去李大公和李大婆那里借钱。等贫女回到庙里，张协却拿棍棒打她，理由是她离开庙一整天，撇下他无人照管。既然他做了贫女的丈夫，他就可以行使做丈夫所具有的权威，随便找一个借口就可以殴打妻子。张协对待贫女态度的这种转变，贫女也注意到了。她在下面的唱词中批评了张协：

初入我庙门，你不曾发这般嗔。
今日里既定，把奴家直恁地轻。①

这个事件表明了张协的主导性格特征是傲慢。这个事件也预示了张协后来对待贫女所采取的残酷行为。

张协的行动计划之所以取得成功，是因为贫女也想结婚。促使贫女想要结婚的主要动机是孤独。贫女出身于一个富贵家庭。② 但是，火灾和匪患毁掉了她家的财产。她很小的时候父母就去世了，撇下她孤身一人，既无兄弟姐妹，也无亲戚。她已经在这所废弃的破庙里住了七八年，感觉非常孤独，所以她说“古庙荒芜怕见归”③。对于自己没有嫁

① 《张协状元》第 20 出，第 106 页。
② 《张协状元》第 11 出，第 62 页。
③ 《张协状元》第 3 出，第 24 页。

人，她感叹说“妾又无人要”①。她为此感到难过，“受千般愁闷，万种寂寥，虚度奴年少”②。她盼望着能过上幸福的婚姻生活，“若要奴家好，遇到一个意中人，共做结发，白头偕老”③。她也盼望着能过上更好的生活，“每甘分粗衣布裙，寻思另般格调”④。她相信她的命运会有好转，“黄河尚有澄清日，岂可人无得运时”⑤。

尽管贫女盼望着结婚，过上更好的生活，她的社会地位却使得她很难实现自己的愿望。当张协问她为什么没有嫁人时，她说了两个原因："貌丑犹过一壁，奈身无寸缕。况兼亲戚俱无，谁来管你。"⑥ 贫女缺少经济支持，也就是没有嫁妆。她也缺少社会关系的支持，这就意味着没有人操心给她安排提亲、结婚的有关事宜。

当张协向贫女提婚时，他用过上更好生活的前景来诱惑贫女，说：

> 算来张协病，相将渐效可。虽然恁地，归犹未得。娘子无夫协无妇，好共成比翼。饱学

① 《张协状元》第3出，第24页。
② 《张协状元》第3出，第24页。
③ 《张协状元》第3出，第24页。
④ 《张协状元》第3出，第24页。
⑤ 《张协状元》第3出，第24页。
⑥ 《张协状元》第14出，第77页。

在肚里，异日风云际，身定到凤凰池。一举登科，强在庙里。带汝归到吾乡，真个好哩。①

尽管社会地位低，贫女却不乏尊严。对于张协的这种提婚说法，贫女回答说："你好不度己，你好忒容易。这言语甚张志？还嫁汝好殢人疑，惹人非。奴似水澈底澄清，没纤毫点翳。请君目即出门，休在这里。"②

贫女之所以拒绝张协的提婚，是出于两个理由。首先是因为张协的傲慢。在张协提议娶贫女的话里，他吹嘘自己的光明前途，好像他的未来成功赋予了他娶贫女的权力。其次，因为张协没有遵循提亲的礼仪。张协没有请媒人，而是自己出面议婚，这是不符合当时社会的提婚礼仪的。这说明张协既没有严肃地对待婚姻，也不尊重贫女。

当李大公和李大婆听说张协提亲的事之后，他们自愿充当媒人。贫女听从了他们的劝说，而且在庙里的神像前卜卦得了一个好的卦象，所以同意嫁给张协。她在神像前的祷告，表明了她对这桩婚事所不放心的是什么："赐照枉许妾同连理，若不是匆匆分散无终始。"③ 神告诉贫女说，她与张协的婚

① 《张协状元》第 14 出，第 77 页。
② 《张协状元》第 14 出，第 77 页。
③ 《张协状元》第 16 出，第 84 页。

姻属于“宿契”，这预示了张协与贫女在戏剧结尾时能够再成夫妻。

《张协状元》的第一部分在情节上所起的作用，是让男女主人公缔结婚约。在剧作的这一部分，男女主人公之间建立了一个施恩—欠情的关系。在结婚之前，张协欠了贫女一份情，因为贫女为他提供了食宿。张协认为，通过娶贫女为妻，他已经还了这份情。即使如此，结婚之后，张协又新欠了贫女一份情，因为贫女为了替他张罗盘缠而做出了牺牲。在先前的小说中，女主人公都是比较富有的，如桂英自己有钱给王魁，焦氏的父亲有钱给满少卿做盘缠。贫女与她们不同，她得牺牲自己才能为张协筹措到盘缠。李大婆曾经向贫女讨要头发给自己做个假鬏，而贫女舍不得剪掉自己的头发。现在，为了自己的新婚丈夫，她剪掉了自己的头发给了李大婆，以便从李大婆那里借到钱。她的这个举动使张协又欠了她一份情。因为多亏了她的自我牺牲，才使张协有了去京城赶考的可能。

在剧作的第二部分，情节背景从五鸡山转移到了京城。这一部分的情节由三个行动序列组成。第一个行动序列叙述张协在考试中获胜。第二个序列讲述张协拒绝了宰相王德用的女儿王胜花的丝鞭。第三个序列讲的是胜花之死。

胜花递丝鞭给张协的场面，反映了宋代人喜欢在新科进士中挑选女婿的一个习俗。对于科举考试的获胜者来说，最出风头的时刻莫过于张榜之后的游行。官宦人家提早在京城主要街道两边的人行道上支起帐篷，当新科进士们沿着街道游行过来的时候，那些高官及其家眷坐在帐篷里观看这些进士。这是那些高官给他们待字闺中的女儿挑选女婿的一个绝佳时刻。[1] 在宋代，高官趁这个时机选女婿的习俗被称为“榜下捉婿”[2]。“捉”字很恰切地表现了那些高官对待新科进士的态度。首先，它表现了那些高官所怀有的一种紧迫感，似乎高官之间在进行一场比赛，互相竞争，看谁最后能够捕捉到最有价值的新科进士。其次，高官们把新科进士看作是供他们追猎和捕捉的有价值的对象。高官们如此热衷于给女儿选择新科进士的原因，在于考中进士后，一个读书人在当时的仕宦升迁制度中就有了一个光明的前程。一个高官把女儿嫁给一个前程远大的官员，不仅保证女儿将来能过上富裕的生活，而且通过这种牢固的姻亲关系，可以扩大自己在官场上的势力。

---

① 参见周密著，李小龙、赵锐评注：《武林旧事》（北京：中华书局，2007），第 44 页。

② 参见朱彧：《萍洲可谈》，收入李伟国点校《后山谈丛 萍洲可谈》（北京：中华书局，2007），第 127 页。还可参见彭乘：《墨客挥犀》，收入孔凡礼点校《侯鲭录 墨客挥犀 续墨客挥犀》（北京：中华书局，2002），第 284 页。

随着时间的推移，“榜下捉婿”这个历史上实有的习俗经过民间想象力的创造加工，变成了文学艺术中传奇性的故事，特别是戏剧中的传奇故事。在民间想象中，故事的男主人公一定得是状元，而不是普通的进士。同样，女主人公必须是宰相的女儿，而不是一个普通高官的女儿。宰相预先给女儿搭建一座绣楼。在进士游行的那一天，宰相的女儿站在绣楼上面或站在绣楼旁边，当宰相女儿把绣球扔给状元或者把丝鞭递给状元时，就是故事达到高潮之处。绣球或丝鞭是订婚礼物的象征。状元接了绣球或丝鞭后，将会与女主人公结婚。《张协状元》是描写这个传奇性习俗的现存最早的文本。①

值得注意的是，最早演绎这个传奇性习俗的剧作对故事情节采用了反高潮的处理。当胜花在彩楼前把丝鞭递给张协时，张协却不接丝鞭。张协的这个举动大大出乎胜花的预料。整个事件似乎成了一件大丑闻，导致胜花羞愧而死。

---

① 这个传奇性习俗出现于很多剧作中，有各种不同的情节变形。乔吉《金钱记》代表了变形之一。在这部杂剧中，新科状元在接了宰相女儿的丝鞭之前，早就与她有了恋爱关系。吕蒙正的故事代表了另一种变形。在这个故事中，宰相女儿把绣球抛给了一个贫穷的书生，这个书生后来考中了状元。演绎吕蒙正故事的剧作包括王实甫的杂剧《吕蒙正风雪破窑记》、无名氏的南戏《彩楼记》等。吕蒙正是历史上真实存在的人物，他于977年考中状元。

胜花15岁了，尚未订婚。在这次科举考试开考前，她的母亲刘夫人就着急安排要为女儿选一个对象。至于胜花的夫婿为什么一定要从科举优胜者中选择，其原因可以从胜花与母亲的下述对话中看出：

（外）止图才学有佳名。
（后）不择贫寒事便成。
（外）无限朱门生饿殍。
（合）几多白屋出公卿。①

在她们的价值体系中，一个男人的个人素质比其家庭背景更为重要。他的家庭背景不重要，因为家庭背景决定不了他的前程。重要的是他个人的学识才华，只有学识才华才能保证他在科举中获胜。在科举中获胜将为他赢得声誉，并为他在仕宦生涯中步步高升铺平道路。

胜花和刘夫人坚信，胜花的夫婿必须是个状元，而不能是一个普通的进士。她们之所以有这种想法，是基于两个理由。第一个理由是胜花的个人素质。胜花不仅貌美，而且富有文学才华。一个有才的男子可以配得上一个美丽的女子，而一个特别

① 《张协状元》第17出，第94页。

有才的男子得配上一个既美丽又有才的女子。所以，胜花的母亲相信，只有状元才能配得上既美丽又有才的胜花。第二个理由是胜花的家庭背景。胜花的母亲说："我家里公侯累代，小可底苍生，怎为姻契！"①

胜花与母亲的意见一致。她对父亲解释为什么自己一定要选状元作为夫婿：

> 朱紫骈骈，不若荷衣一状元。况兼奴家是豪贵，若非高甲，怎生攀羡！②

胜花和她母亲所看重的，主要是状元的声誉。因为胜花的父亲是宰相，官职高于所有其他官员，所以胜花的夫婿就必须是声誉高于所有其他进士的状元。这个想法暴露了胜花的自以为是，她相信她的社会地位给了她嫁给状元的特权。

胜花之所以养成这种自以为是的性格，是因为她的特殊身份。她是宰相的女儿，一直过着享有特权的生活。她还得到了皇帝的喜爱，经常被邀请到皇宫访问，在穿着打扮上被允许采用后宫流行的式样。正是这种享有特权的生活方式，培养了胜花的

① 《张协状元》第21出，第113页。

② 《张协状元》第21出，第113页。高级官员穿红袍或紫袍，新科进士穿绿袍。

傲慢自大的性格。

傲慢是胜花性格中的一个缺陷。除此之外，剧作中还写到胜花不懂女红。在传统文化中，女红与妇德有密切的联系。胜花不懂女红，似乎暗示着她缺少女性的美德。

傲慢的宰相之女胜花，从未想到会遇上一个比自己更傲慢的人。当胜花递丝鞭给张协的时候，张协却拒绝接丝鞭。

当别人告诉张协，这是宰相的女儿在向他求婚，张协回答说：

求名我不在求妻，欢谐事心未喜。①

张协回绝了胜花的求婚，因为他相信，既然考中了状元，用不了多久自己就会做到宰相的职位。正如他后来在回想自己考中状元时说：

已表平生丈夫志，身名端与居金瓯。②

因为张协认为，状元的声誉能够让自己很快升迁到很高的职位，所以他傲慢得简直不可一世：

---

① 《张协状元》第27出，第135页。
② 《张协状元》第34出，第159页。

一朝名字挂金榜，此身端若无价珠。①

张协相信自身的价值，宁愿享受考中状元给自己带来的快乐，也不愿意匆忙订婚。所以面对胜花递来的丝鞭，他放声大笑，说："翔鸾尽有梧桐树，又何必滞高枝。"②

张协似乎被自己的成功冲昏了头脑。他相信，他有机会与很多高官联姻，所以，他宁愿保留自己的选择权，也不愿意仓促地与宰相联姻。

张协拒绝胜花的求婚，肯定不是因为他已经有了妻子。他明确地告诉胜花，他尚未结婚。③ 他拒绝胜花的求婚，是出于傲慢自大，而他的傲慢自大暴露了他的幼稚无知。

经过多年的攻读，张协掌握了足以让他在科举考试中获胜的学识。他懂得怎样答好考卷，但他不懂得怎样打理自己的仕宦生涯。他相信状元的声誉能让他迅速做到一个众人羡慕的职位。④ 这个想法符合那个时代的官场实情，但只是在一定程度上符合。根据官场的游戏规则，一个人要想仕途成功，

---

① 《张协状元》第31出，第150页。

② 《张协状元》第27出，第135页。

③ 《张协状元》第27出，第135页。

④ 在宋代，一个状元可以在十年之内做到很高的职位。以历史人物吕蒙正为例，在考中状元的12年后，他做了宰相。见《宋史》卷二六五，第13册，第9145~9149页。

必须要得到其他官员的支持。官场现实的另一面，是由王德用揭示出来的。张协拒绝了胜花的丝鞭后，他去拜见王德用。在这次会面中，王德用再次向张协求亲，遭到张协直截了当的拒绝。张协走后，王德用嘲讽地说："才着绿衫，出东华门外，便是破荷叶。"①

穿绿衫象征着一个读书人获得了进士身份。但是，当他走出京城大门之后，即他被分配了一个京城之外的官职后，他的进士身份就没有那么高的价值了。王德用的话说明了一个官员仕宦生涯的成功与否取决于很多因素，考中进士只是众多因素之一。

在王德用看来，张协拒绝与他联姻就是看不起他，所以他决定报复张协。王德用准备马上获取一个官职，做张协的顶头上司，以便他能够管制和惩罚张协。胜花一死，更坚定了他的复仇心理。

导致胜花死亡的原因，是张协拒绝她的求婚给她带来了羞辱。作为宰相的女儿，她绝对想不到任何人，哪怕是状元，会拒绝她。因为说到底，状元也不过就是一个有学问的读书郎。正如她说的那样："它门道读得数行书，始及第把人嫌弃。"②

遭到张协拒绝后，胜花生了重病，因为她相信

① 《张协状元》第27出，第136页。
② 《张协状元》第29出，第146页。

自己的名誉被毁了。递丝鞭不单单是她私人生活中的一个行动，更是一个被其他高官和他们的家眷共同目睹的公共事件。遭到拒绝等于是在大庭广众之下遭到公开的羞辱。胜花的性格如此傲慢，无法忍受这样的羞辱。她无法抛开这样的念头，即她已经成为公众的笑柄。剧作使用重复和合唱的手法，表现了胜花心中挥之不去的羞辱感。

在胜花回忆了那个英俊青年在游行那天如何拒绝了她的丝鞭之后，她用低声唱道："被人笑嫁不得一状元。"① 随后是众人合唱，重复了胜花的唱词"被人笑嫁不得一状元"②。

胜花的唱词用低声唱出，暗示着唱词表达的是她的潜意识的思想。众人合唱则象征着令胜花恐惧的公共舆论。一方面，合唱犹如回声一样重复着她的潜意识的思想，似乎证实了她确实有理由恐惧。另一方面，合唱把她的潜意识的思想大声说了出来，又进一步加强了她的恐惧。

胜花用低声唱一句，合唱重复一句：这个模式反复出现了三次。第一次出现于刘夫人劝说胜花之后，第二次出现于管家劝说胜花之后，第三次出现于王德用劝说胜花之后。他们都劝胜花不要为张协拒婚事件而忧愁。然而，上述模式的反复出现表

---

① 《张协状元》第32出，第152页。

② 《张协状元》第32出，第152页。

明，胜花已经陷入痴迷状态，他们的劝说无济于事。

剧作第三部分的背景主要是在京城，但其中也有几出戏的行动背景是在旅途中。贫女得知张协中了状元后，赶到京城与张协团聚。当贫女找到张协时，张协却拒绝认她为妻，命令门子把她打出门外。贫女不得不一路乞讨回到五鸡山。

在剧作的这一部分，贫女试图与张协团聚，却未能成功。剧作的这一部分情节与《赵贞女蔡二郎》的情节颇为相似。在这两部剧中，女主人公都赶去京城寻找丈夫，而中了状元的丈大都拒绝接纳女主人公。因为《赵贞女蔡二郎》的剧本没有流传下来，我们只能了解它的情节梗概，所以《张协状元》为我们首次提供了对于女主人公赶赴京城、与丈夫相会的完整描写。

贫女送别张协之后，一直没有收到他的来信，她是从《登科录》上得知张协中了状元的。她决定去京城找张协，因为“恐怕它自去接了别人丝鞭，不然归乡里去”①。

尽管张协既没有接别人的丝鞭，也没有返回故乡，贫女对张协将会抛弃她的担忧却变成了现实。张协是为了摆脱他的困境才娶贫女为妻的。在内心

① 《张协状元》第30出，第148页。

深处，他从来没有把贫女视为一个合适的婚姻对象。甚至在他离开贫女之前，他对贫女的厌恶就已经暴露出来了。张协因为贫女离开庙的时间太久而发怒，当他准备出手打贫女时，他说："自家不因灾祸，谁肯近傍你每。"① 正是出于自私的算计，使得张协娶了一个身份地位配不上自己的女人。然而，他那傲慢的自我拒绝承认促使他结婚的真实动机。为了安抚他那自大而又脆弱的自我，张协尽力缩小自己在与贫女结合过程中所起的作用，试图通过歪曲事实将自己的行为加以合理化。一旦他离开贫女，踏上去京城的旅途，他就开始篡改他与贫女结婚的故事了。他在旅途中回忆婚事的时候说道"岂期贫女又留连"②。在这个经过篡改的故事中，主动追求结婚的是贫女而不是张协。当张协到达京城之后，又回忆起婚事时，他对自己解释说"得它贫女顾，不免议姻亲"③。在这个经过篡改的故事中，他与贫女结婚，是为了报答贫女对他的照顾。因此，从这桩婚姻中得益的是贫女而不是他张协。

有时，张协也能承认他与贫女结婚的真实动机是"宿食图温饱，诗书暂溺沦"④。但即使在他承

① 《张协状元》第20出，第104页。
② 《张协状元》第22出，第118页。
③ 《张协状元》第24出，第123页。
④ 《张协状元》第24出，第123页。

认事实的时候，他也倾向于把他的婚事视为一段屈辱的经历。因此，当他到达京城后，他不免感到“幸然脱此处”①。

当张协寻求贫女的帮助时，他向贫女许诺，科举考试获胜后一定要给贫女带来幸福和荣耀。他向贫女求婚时说：“饱学在肚里，异日风云际，身定到凤凰池。一举登科，强在庙里。带汝归到吾乡，真个好哩。”② 他是用把贫女作为妻子带去他家乡的前景来诱惑贫女。当他要贫女为他筹措盘缠时，他对贫女说：“协今去也，何时遂此情？亦欲耀家庭，亦欲要身荣。亦欲愿你，愿你时来，大得一命。”③他是用让贫女做官员妻子和诰命夫人的前景来诱惑贫女。

张协的许诺只不过是一种手段，用来获取贫女的帮助。他从来没有想真正实践他的诺言。他离开贫女后，再也没有试图与她联络。他不仅断绝了与贫女领域的一切联系，而且做好了防备贫女进入他的领域的准备。在考试中获胜之后，他吩咐门童，不许任何村民或妇女进入他的住处。④

当贫女在京城找到张协住处，与张协见面时，

---

① 《张协状元》第 24 出，第 122 页。
② 《张协状元》第 14 出，第 77 页。
③ 《张协状元》第 18 出，第 96 ~ 97 页。
④ 《张协状元》第 34 出，第 159 页。

张协对贫女说："貌陋身卑，家贫世薄。不晓蘋蘩之礼，岂谐箕帚之婚。吾乃贵豪，女名贫女。敢来冒渎，称是我妻！"①

在《满少卿》中，男主人公做出遗弃焦氏、与朱氏结婚的决定之后，担心焦氏前来找他团聚。他想出了一个解决这个问题的方法，就是"以理遣之"。因为焦氏在去世之前一直没有来找他，所以满少卿也就没有机会详细论述他所谓的"理"有什么内容。②

前面引用张协的话，则清楚地讲述了这个"理"的内容。张协否认贫女是他的妻子，说她"冒称"。不过，他的说辞的重点并不是讨论事实问题，而是讨论道理或原则问题。根据他的说法，他与贫女在社会地位上的差距是如此之大，他俩是绝不可能做夫妻的。在这里，张协的傲慢表现为势利。在他列举的贫女配不上他的种种特质中，只有一种涉及个人特质，即贫女缺少美貌。其他各种特质都是与贫女的社会地位有关的。

值得注意的是，《张协状元》的这一部分情节与《王魁》也有相似之处。在《王魁》中，桂英

---

① 《张协状元》第35出，第161~162页。

② 满少卿所说的"理"，可以从他为自己抛弃焦氏所找的理由中推断出来。他找的理由都是与社会地位有关的。满少卿相信，焦氏出身市井家庭，配不上他自己的官宦家族。

为了与王魁团聚，派她的仆人去见王魁。王魁不单拒绝接收桂英写给他的信，而且威胁要让手下衙役打那个仆人。在《张协状元》中，张协命令他的门子把贫女从他的院子里打出去。在短篇小说中，男主人公的行动是威胁要打，受到威胁的是女主人公的仆人。在戏剧中，殴打实际发生了，而且殴打的对象是男主人公的妻子。由此可见，张协是一个比王魁更残酷的人。

当张协遭到强盗殴打后，贫女向他打开大门，让他住在她的庙里。多亏贫女发善心收留张协，他才免于冻饿而死，才能参加科举考试获胜。然而，当贫女在京城见到张协时，张协叫手下人殴打贫女，这个行动不免把他与强盗联系了起来。他向贫女关上了大门，这个行动与贫女向他打开大门的慷慨举动形成了鲜明对比。当贫女被打出张协住处的时候，她指出了张协的忘恩负义："是我夫，不相认，见着我忙闭了门。我当初闭门不留伊，你及第应是无分。"①

面对张协抛弃她的行动，贫女的反应显示了她性格中的两个侧面：坚韧不拔和逆来顺受。张协将她关在大门外面之后，贫女陷入的困境正是当初张协被强盗抢走盘缠后所陷入的困境。贫女为了来京

① 《张协状元》第35出，第162页。

城，向李大公、李大婆借了盘缠。当她找到张协的时候，她的盘缠已经用光，这意味着她难以解决自己的食宿问题。张协陷入困境的时候，曾考虑自杀，而贫女没有被绝望压倒。她决定再回庙里，哪怕这意味着她不得不从京城到五鸡山一路乞讨。

她的逆来顺受是由社会地位低下所决定的。为了获得返回五鸡山所需的盘缠，贫女在京城乞讨，乞讨时唱歌悲叹自己的困境。歌词中有这样两句："忍辱不敢埋怨，薄贱。"① 作为张协的合法妻子，她本来可以控告张协犯了弃妻罪，至少可以向公众控诉张协的无情无义，但是她没有这样做。有关社会地位的信念，不仅制约着张协的行动，也制约着贫女的行动。当她终于回到家里，回想起她的婚事时，她对自己说："奴家貌既丑，家既贫，如何招得状元?"② 受到这种关于社会地位的信念的制约，张协认为贫女不配做自己的妻子，贫女也认为自己配不上张协。由于怀有这种自卑心理，贫女决定不把自己在张协那里遭受的羞辱告诉李大公和李大婆，而是对他们说，她在京城没有找到张协。③ 贫女不愿讲述事实真相，这似乎说明，在她的心目中，她是因为想进入一个高于自己的领域而自取其

---

① 《张协状元》第 37 出，第 166 页。
② 《张协状元》第 39 出，第 169 页。
③ 《张协状元》第 39 出，第 170 页。

辱。她决定独自默默忍受所受的羞辱，实际上这是她保持自己尊严的一种方式。

在剧作的第四部分，故事背景从京城转移到五鸡山。这个部分中有两条情节线。一条情节线是张协去梓州任所的旅行以及他试图谋杀贫女，另一条情节线是王德用去梓州任所的旅行以及他收养贫女。

张协拒绝承认贫女为妻，把她打出自己的住所，这充分显示出他是一个不遵守婚姻契约的负心丈夫，同时也是一个以怨报德的小人。作为一个自高自大的利己主义者，他善于扭曲事实，找理由为自己的行为开脱。从他自私、势利的角度来看，贫女到京城去见他，这个行动说明贫女缺少廉耻心。如果贫女有廉耻心的话，她就知道她配不上他，也就不会做出与他团聚的尝试而自取其辱。[①] 她因为缺少廉耻心，所以才会前来找他，这就威胁到他的名誉。张协把贫女打出自己的住处后，回想两人的这次会面，说道："唱名了故来寻觅，都不道朱紫满朝，还知后与阿谁?"[②] 张协担心的是，一旦满朝官员得知他娶了一个身份低微的女子为妻，他的名誉就毁了。张协急于隐瞒自己结婚的事实，他把贫女不请自到、登门认亲的行动视为对他的领域的一

① 《张协状元》第35出，第161页。
② 《张协状元》第36出，第165页。

次侵犯和打击，因此，在他踏上前往任所就职的旅程之前，他计划谋杀贫女。为了给自己的杀妻行动找理由，他把自己的谋杀行动看作是对贫女的反击，说“吃拳须记打拳时”①。从他的话来看，他是把谋杀贫女视为感情冲动下的一个报复行动。然而，张协谋划杀妻的真实动机，绝非一种简单的报复。只要贫女还活着，她就仍然是他的妻子，而在张协看来，这对他的领域构成了潜在的威胁。为了消除这个潜在的威胁，他决定采取一个先发制人的策略步骤，即消灭贫女领域。

怀着这样的心思，张协在赴任所旅途中经过五鸡山时，主动前去找贫女，同时告诫自己说：“这回铲草不除根，惟恐萌芽春再发。”②

与先前小说中的男主人公相比，张协被描写为一个能够做出残忍行为的人。在《王魁》和《满少卿》中，男主人公的背叛导致了女主人公的死亡。但是，在那两篇小说中，男主人公的意图都只是要与女主人公的领域断绝关系，而不是要消灭女主人公的领域。张协已经成功地断绝了与贫女领域的关系，而贫女因为深感自卑，也没有再与张协联络的意图。然而，单纯地断绝两个领域的交往，并没有让张协感到满足。自从贫女离开京城，张协就动了

① 《张协状元》第36出，第165页。

② 《张协状元》第40出，第174页。

杀掉妻子的心思。当他有机会路过五鸡山时，他有目的地去找贫女，实施了他的谋杀计划。不过，他没有成功地杀死贫女，而只是用剑砍伤了贫女的一只胳膊。

如果张协成功地谋杀了贫女，那么《张协状元》可能会成为《赵贞女蔡二郎》的另一个版本，也就是说，整部剧作以报仇或报应结尾。正是因为张协的杀妻计划失败，才给了王德用一个收养贫女的机会，从而使故事情节走向另一个方向。

王德用在女儿胜花死后，给自己谋得了一个梓州的职位，这样他好有机会报复张协。在去梓州的旅途中，当他经过五鸡山的时候，来到庙里歇息，遇见了贫女。胜花死后，王德用和刘夫人感到十分孤独，正巧贫女长得像胜花，所以他们决定把贫女收养做女儿。

当王德用告诉贫女他想收养她时，他答应为她治疗受伤的胳膊，并且将来会给她找个官员成婚。贫女同意王德用收养她，因为这符合她长久以来怀有的过上好日子的愿望。在剧作的第一部分，贫女已经表达过对自己庙中生活的不满，“寻思另般格调”①。正是因为她怀有这样的愿望，所以当初张协答应娶她并带她回家乡的许诺才对她有那么大的吸

---

① 《张协状元》第2出，第24页。

引力。

王德用收养贫女，标志着剧作情节的一个转折点。在这个转折点之前，曾有两次合并领域的尝试。贫女曾尝试把她的领域与张协的领域合为一个，王德用也曾尝试把他的领域与张协的领域合并在一起，但他们的尝试都没有获得成功。王德用收养贫女后，两个领域在这部剧中第一次成功地合并为一个。

这两个领域合并为一个的最大特点，是有权势的领域兼并了无权势的领域。王德用的领域代表着社会地位高、有权势的领域，而贫女的领域则代表着社会地位低、无权势的领域。王德用收养贫女的动机，来自他的领域中存在着一种匮乏：他和刘夫人缺少一个可以为他们增添欢笑、减少孤独的女儿。他们认为贫女是一个合适的收养对象，因为他们在她身上看到了一种特殊的价值：贫女长得像胜花，所以可以填补因为胜花去世而留下的空缺。王德用的领域具有优越的社会地位，使贫女觉得自己进入这个领域能够过上好日子，所以她就接受了王德用夫妻收养她的提议。王德用领域与贫女领域的合并说明，一方面，社会地位高的领域能够容易地从社会地位低的领域获得其匮乏的东西，另一方面，社会地位低的领域渴望进入社会地位高的领域，成为其成员。通过把社会地位低的领域兼并到社会地位高的领域，剧作没有否定而是肯定了社会等级制度。

接受收养也是贫女命运的一个转折点。当她与张协结婚时，她期望着进入一个社会地位高的领域。如果张协是一个忠实于妻子的丈夫，贫女已经成为一个社会地位较高的领域的成员。然而，张协是一个势利小人，他拒绝接纳贫女进入他的领域。王德用收养贫女之后，贫女进入了张协拒绝她进入的一个社会地位高的领域。她的身份随之发生了巨大的变化，从一个贫穷的劳动者变成了一个高级官员的女儿。

在剧作的第五部分，故事背景转移到梓州。张协前去拜见新来的上司，而王德用拒绝接见他。张协明白，王德用对他的怨恨会给他的仕宦生涯带来阻碍，所以他请求谭将军为他和王德用做说和工作。谭将军告诉他，王德用还有一个女儿，张协应当向这个女儿求婚。张协接受了谭将军的建议，王德用也同意了张协的求亲。就这样，张协与贫女重新做了夫妻。

王德用给自己在梓州安排了一个职位，目的是要报复张协。他的所谓报复，是要向张协显示，他作为知州有权处置张协。他认为，张协之所以冒犯了他，是因为张协不懂得结交有权势人物的重要性。他在拒绝接见张协之后，对家里人说明了他这样做的的用意，就是“直待劳心千百度，（合）那时方识贵人怜”①。等到张协通过谭将军转达了他的悔恨之意，并且愿意通过娶王德用的养女来弥补自己的过错的时候，王德用就同意了这桩婚事。王德用之所以转变了对待张协的态度，是因为他相信，他已经成功地使张协屈服于他的权势之下。他的这种胜利者的姿态，十分明显地表现在举行婚礼时他对张协提出的问题上：“记年时，不接那鞭，怎知今日，又还为姻眷?”② 张协当初不接胜花递给他的丝鞭，这是对王德用的羞辱。现在通过与王德用养女结婚，张协洗刷了王德用的羞辱。张协这次同意婚事，是改正他在王德用那里所犯的过失，臣服于王德用权势之下的一个姿态。这桩婚事的缔结，显示了高官的权力最终战胜了状元的骄傲自大。

王德用拒绝接见张协，在张协的公共生活领域里引发了一场危机。张协的仕宦前程遭遇威胁，而这个威胁源自张协私人生活领域里的一个事件。张协前去拜见王德用时得知，他拒绝接受胜花的丝鞭导致了胜花的死亡，而胜花之死激起了王德用对他的敌意。王德用是他的顶头上司，一心一意地要报复他，看来他的仕宦生涯是没有什么光明前景了。张协感到沮丧，后悔不该当初拒绝了丝鞭。

① 《张协状元》第49出，第204页。
② 《张协状元》第53出，第214页。

为了解除自己官场生活中的危机，张协首先从他的公共领域中寻求帮助。他要求同僚谭将军为他和王德用说和。颇有嘲讽意味的是，解决危机的出路存在于他的私人生活领域中。谭将军告诉他，他可以向王德用活着的另一个女儿求婚。张协急于平息王德用的怒气，马上接受了谭将军的建议。

张协后悔当初拒绝胜花的丝鞭，愿意接受谭将军的建议，标志着他的思想发生了转变。

张协拒绝胜花的丝鞭，是在他刚刚考中状元之时。他拒绝与宰相联姻，原因在于他身为状元的傲慢和对官场政治的无知。在他就职并与王德用再次相逢之后，他在王德用那里受到的冷遇给了他一个重要的教训。王德用可以给自己弄到张协顶头上司的职位，这让张协看到了手中有权的人在官场中具有多么大的能量。张协在王德用那里遭受的冷遇让他明白了，自己的仕宦生涯能否成功，取决于能否搞好与有权势人物的关系。这些新的见识促使张协从一个新科状元转变为一个职业官僚。他原来身为状元的骄傲自大，现在被作为一个职业官僚的实用思维所取代。

从这个角度来看，张协的故事是一个成长的故事，讲述的是他怎样从一个科举获胜者成长为一个职业官僚。张协原本只是一个对官场生活一无所知的科举获胜者，最后终于“成熟”，成为一个承认权力重要性的官僚。

张协的思想认识既然发生了转变，他对待王德用的态度也随之发生了变化。

在婚礼上，张协向王德用表示道歉，说“协冒渎，望周全”①。但是，他对待贫女的态度没有发生变化。在婚礼上，贫女揭示了她的真实身份乃是遭到张协抛弃的妻子，向所有在场的人诉说了张协是如何虐待她的，而张协没有向贫女道歉。面对贫女的控诉，张协的回答既像是坦白交代，又像是自我辩解。

张协本意无心娶你，在穷途身自不由己。
况天寒举目又无亲，乱与伊家相娶。②

张协与贫女终于团圆，原因并不是他对待婚姻的思想认识发生了变化，而是因为贫女的社会地位发生了变化。从这个意义上讲，张协并不是与他的原配妻子团圆，而是新娶了王德用的养女。他的第一次婚姻不值得维持，因为贫女不具备他认为合适的社会地位。张协只愿意娶一个有了新的身份的贫女。

因为张协是一个不讲信义、冷酷无情的人，所

① 《张协状元》第53出，第214页。
② 《张协状元》第53出，第215页。

以贫女没有感到有忠实于他的必要。当王德用提议要收养贫女时，他用将来要安排她嫁给一个官员的前景去诱惑她。贫女接受了王德用的提议，却没有告诉王德用她已经有一个丈夫，这说明她并不反对将来的这种婚姻安排。到了梓州后，王德用又重复了他的许诺，说："孩儿放心！亚爹今判梓州一郡，两年过依旧入朝。有好因缘与你选一个，自当我孩儿面。"① 贫女回答说："只怕奴家福分微。"② 她实际上同意了王德用的计划，这说明她并没有想与张协团圆的意图。

王德用和刘夫人接受了张协的提亲之后，他们询问贫女对这桩婚事的意见。贫女没有表示反对，她的想法可以从下面的唱词中看出：

感得提携谢英贤，状元注定与奴团圆。深拜蒙爱怜，前世已曾成姻眷。③

对于现代读者和观众而言，贫女对待自己与张协重做夫妻的态度很令人吃惊。贫女的信念受到"命中注定"观念的制约。剧中的其他人物也持有这样的信念。在婚礼上，贫女当众诉说张协是怎样

① 《张协状元》第47出，第196页。
② 《张协状元》第47出，第196页。
③ 《张协状元》第51出，第210页。

虐待她时，其他人物一起合唱，对她说：

既当初已得做夫妻，今日天教重会。休得要恁说，目前事不是。①

贫女与张协重做夫妻，这是《张协状元》中意义最为重大的事件。它的重要意义可以从文本和互文两个层次来看。在文本层次上，这个事件是情节的结局，在此之前发生的所有事件，从这个结局的高度来看，都可以看作是为这个事件所做的准备。所以，张协谋杀贫女未能成功，贫女被王德用收养，都可以说是这个最终的团圆结局的前提条件。在互文层次上，夫妻团圆的结局使《张协状元》不同于先前的作品，它标志着状元弃妻典范情节从早期的报应模式向新的团圆模式的转型。

《张协状元》的情节可以大体上划分为两个单元，以张协谋杀贫女未遂作为两个部分的分界线。情节的第一单元主要讲述张协与贫女的结合，他在考试中获胜，他抛弃贫女。在第一单元里，推动情节发展的动力主要来自张协领域里的变化。情节的第二单元主要叙述贫女从张协的谋杀中幸存下来，她被王德用收养，她与张协再做夫妻。在第二单元

① 《张协状元》第53出，第215页。

里，推动情节前进的动力主要来自贫女领域中发生的变化。我们在前面的论述中提到，《张协状元》与其他早期作品之间存在着许多相似之处。这些相似之处说明，《张协状元》情节的第一单元是从状元弃妻典范情节的最早模式中派生出来的。与早期其他作品相比，《张协状元》的新颖之处在于其情节的第二单元。不过，我们下面的讨论将表明，其情节的第二单元实际上也是由一个早期模型派生出来的。那个早期模型具体体现于唐代小说《定婚店》中。

《定婚店》是《续玄怪录》中的一篇作品，而《续玄怪录》是李复言编撰的一部文言小说集。①《定婚店》曾被收录于《太平广记》。《太平广记》被宋代职业说书人和戏剧作者普遍用作采撷故事素材的资料库，因此，《张协状元》的作者很有可能知道《定婚店》的故事。

《定婚店》是一篇启悟故事。这篇小说可以划分为三个部分。

在小说的第一部分，男主人公进入一个超自然领域，在那里获得了超自然知识，即关于“前定”的观念。

---

① 李复言的作者身份是一个有争议的问题。参见程毅中：《唐代小说史话》（北京：文化艺术出版社，1990），第174～176页。

小说一开始，讲述807年韦固在去清河的旅途中，住宿于宋城南边的一个旅店。韦固年幼的时候就成了孤儿，所以很想早点结婚，多生子女。在过去的十年里，他努力寻找合适的配偶，却一直没有找到。他住宿的旅店中有一位客人给他提亲，女方是以前的清河司马潘昉的女儿，让韦固第二天到附近的龙兴寺相见。韦固求亲心切，第二天一大早就出门了，到达龙兴寺的时候，月亮还很明亮。他看到一个老人坐在台阶上，就着月光看书。韦固瞅了一眼，却不认识书上的字。他对老人说，他认识包括梵文在内的各种文字，却没见过老人书中的文字。老人告诉他，那是阴间的书，所以他看不懂是很自然的事。韦固很高兴得知老人是阴间掌管"婚牍"的官吏，趁机询问老人，他这次与人相约商谈的婚事能否成功。老人告诉他成不了，解释说：

> 命苟未合，虽降衣缨而求屠博，尚不可得，况郡佐乎。君之妇，适三岁矣。年十六，当入君门。①

韦固问老人，他的布囊中装的是什么。老人说是赤绳。

① 汪辟疆校录：《唐人小说》（上海：上海古籍出版社，1978），第268页。

> 赤绳子耳。以系夫妻之足。及其生，则潜用相系，虽仇敌之家，贵贱悬隔，天涯从宦，吴楚异乡，此绳一系，终不可绾。君之脚，已系于彼矣。他求何益?①

韦固询问是否能见一见未来的妻子，老人便带他到旅店北面的菜市场，那里有一个独眼的卖菜妇人。老人指着卖菜妇人怀里抱着的一个三岁女孩说："此君之妻也。"② 韦固非常气愤，询问可不可以杀了她，老人说："此人命当食天禄，因子而食邑，庸可煞乎?"③ 随后老人就消失了。

在小说的第二部分，男主人公不相信他得到的超自然知识，用实际行动来反对这种知识。老人消失后，韦固咒骂他，对自己说："吾上大夫之家，娶妇必敌，苟不能娶，即声伎之美者，或援立之，奈何婚眇妪之陋女?"④ 韦固不愿意接受命运的安排，派他的仆人去杀掉女孩。仆人拿刀刺中女孩的眉间，韦固与仆人乘乱逃离。

在小说的第三部分，男主人公以自身经历验证了超自然知识，领悟了"命定"的观念。

---

① 《唐人小说》，第 268 ~ 269 页。

② 《唐人小说》，第 269 页。

③ 《唐人小说》，第 269 页。

④ 《唐人小说》，第 269 页。

在宋城事件之后，韦固多次求婚，均未能成功。14 年后，他做了相州参军。相州刺史王泰欣赏他的才干，把女儿嫁给了他。王泰女儿年龄约十六七岁，容貌美丽，韦固十分满意。但是，她的眉间总是贴着一个"花子"，从来也不摘下来。韦固感到诧异，逼问缘由。原来她就是那个他想刺杀的女孩。她父亲本来是宋城县令，在任职期间死去，那是她还是个婴儿。后来她的母亲和哥哥也去世了，她的乳母靠卖菜养活她。大约七八年前，她的叔叔到卢龙任职，她就开始跟随叔叔生活。她的叔叔把她当作自己的女儿嫁给了韦固。

韦固了解了妻子的家世背景后，就把自己派人刺杀她的事告诉了妻子，并且评论说："奇也，命也。"① 结果，他的妻子的反应可能出乎我们这些现代读者的意料之外。她听丈夫讲了曾派人刺杀她后，并没有对丈夫产生敌意，反而夫妻"相钦愈极"②。这说明她接受了"命运"和"婚姻前定"的观念。

在小说结尾，那个老人所预言的一切都应验了。她生了一个儿子，儿子做官做到太守，她因为儿子的缘故被封为太原郡太夫人。叙述者对这个故事的主题进行了总结，说："乃知阴骘之定，不可

---

① 《唐人小说》，第 270 页。

② 《唐人小说》，第 270 页。

变也。"①

这篇小说的意图就是说明"前定"的观念。具体而言，它说明了婚姻乃是命中注定的。这篇小说的主旨非常清楚，当后世作者想表达"命中注定的婚姻"这个观念时，会经常提到这个故事。"赤绳"变成了代指前定婚姻的典故。普通民众非常熟悉这个故事，以至于"红线"（即"赤绳"的白话表达）变成了日常口语中的一个套语。

这篇启悟小说的本意是要说明婚姻命定的观念，不过，还可以从另一个角度去阐释它。在宣扬婚姻命定观念的教诲性表层主旨之下，实际上隐藏着一个文化潜文本。通过对这篇小说和《张协状元》进行互文阐释，有助于对这个文化潜文本的解码。

这篇小说与《张协状元》的第二部分有相似之处。在这两部作品中，男主人公都试图谋杀女主人公，而起意谋杀的缘由，也都是因为在社会地位方面，女主人公比他要低很多。两个女主人公都从谋杀中幸存下来。两个男主人公都娶了自己顶头上司的女儿，而他所娶的女人的身份都是名不副实的，等她亮出真实身份时，才发现是他曾经图谋杀掉的女人。

---

① 《唐人小说》，第270页。

从这两部作品的相似之处可以看出，与《张协状元》一样，《定婚店》的文化潜文本涉及的也是社会地位问题。因为女主人公社会地位低，所以她不配做男主人公的配偶。她必须进入另一个领域，提高她的社会地位，然后才被视为男主人公的合适配偶。因此，在命定婚姻这种带有神怪色彩的观念之下，隐藏着门当户对婚姻的真相。在这两部作品中，“婚姻命定”和“门当户对”实际上是同义词，前者是后者的宗教语言版本。在这两部作品中，婚姻命定观念都是由来自超自然领域的信息表达出来的。在《张协状元》中，庙里的神告诉贫女，她与张协的婚姻乃是“宿契”。在《定婚店》中，月下老人预言了韦固的未来婚姻。超自然领域的存在，目的是为这种信息的真实性做担保。

上述讨论说明，《张协状元》情节的第二部分很可能是从《定婚店》所包含的一个情节模型中派生出来的。对于《张协状元》的情节，也许可以作出这样的解读，即它是两个模型的合成：一个是《王魁》所包含的模型，另一个是《定婚店》所包含的模型。

《王魁》所包含的模型，可以表述为一个由五个部分组成的结构。

第一部分，一个婚姻契约把男女主人公的领域结合起来（男主人公与女主人公有一个婚姻契约）。

第二部分，男主人公的领域发生了巨大变化（他在科举考试中获胜）。

第三部分，男主人公断绝了与女主人公领域的联系（他毁掉了婚姻契约）。

第四部分，女主人公的领域被消灭（她被男主人公抛弃后死亡）。

第五部分，男主人公的领域被消灭（女主人公的鬼魂前来报仇，他死掉了）。

《定婚店》所包含的模型，可以表述为一个由四个部分组成的结构。

第一部分，男主人公得知，一个婚姻契约将把他的领域与女主人公的领域结合起来（男主人公命中注定要与女主人公缔结婚姻契约）。

第二部分，男主人公试图消灭女主人公的领域，但未能成功（他试图通过谋杀来逃避婚姻契约）。

第三部分，女主人公的领域发生了巨大变化（她被带入一个社会地位高的领域）。

第四部分，男主人公的领域通过婚姻契约与女主人公的领域结合在一起（婚姻契约兑现了）。

《张协状元》所包含的模型，可以表述为一个由六个部分组成的结构。

第一部分，一个婚姻契约把男主人公、女主人公的领域结合在一起（男主人公与女主人公有一个婚姻契约)。

第二部分，男主人公的领域发生了巨大变化（他在科举考试中获胜)。

第三部分，男主人公断绝了与女主人公领域的联系（他毁掉了婚姻契约)。

第四部分，男主人公试图消灭女主人公的领域，但未能成功（他想通过谋杀逃避婚姻契约)。

第五部分，女主人公的领域发生了巨大变化（她被带进一个社会地位高的领域)。

第六部分，男女主人公的领域再一次被婚姻契约结合在一起（婚姻契约第二次实现)。

通过以上对三部作品结构的对比可以看出，《张协状元》的前三个部分与《王魁》的前三个部分相似，而《张协状元》的后三个部分则与《定婚店》的后三个部分相似。如果我们把《张协状元》的前三个部分称作它的“第一单元”，而把它的后三个部分称作它的“第二单元”，那么我们可以说，每一个单元都是由先前的一个模型派生出来的。

《张协状元》的第一单元是由《王魁》包含的模型派生出来的，讲述的是一个关于负心丈夫的故事。正是因为这个缘故，这部剧作可以说是状元弃妻典范情节的一个变形。《张协状元》缺少《王魁》的后两个部分，所以这部剧作偏离了早期的复仇和报应模型，避免了对先前模型的重复。

《张协状元》的第二单元与《定婚店》所包含的模型非常相似，我们有理由推断前者是由后者派生出来的。这两部作品的差别主要见于它们情节的第一部分。在《张协状元》的第一部分，婚姻契约是一个已经完成的现实存在的婚姻，而在《定婚店》中，婚姻契约虽然被说成是命中注定的，却仍然是一个潜在的未来的婚姻。然而，不管它是潜在的还是完成的，婚姻契约在两部作品中都引出了谋杀，因此，这两部作品第一部分中的差异并不像表面看上去那么大。①

二、转向模型的变式：杂剧《潇湘雨》

《潇湘雨》是杨显之写的一部杂剧。② 杨显之

① 两部作品的某些细节也有相似之处。例如，两部作品的女主人公都出生于一个比男主人公初次见到她时社会地位更高的家庭。贫女出生于一个富豪家庭，韦固的妻子出生于一个官员家庭。

② 下面讨论中使用了《潇湘雨》的两个版本。一个是顾曲斋本（又称古杂剧本），收入《古本戏曲丛刊四集》（北京：商务印书馆，1958）。另一个版本是臧懋循（1550—1620）所编《元曲选》本，收入王学奇主编《元曲选校注》第1卷（石家庄：河北教育出版社，1994），下册。这部剧的完整题目，在顾曲斋本中是《临江驿潇湘夜雨》，在《元曲选》本中是《临江驿潇湘秋夜雨》。通常简称为《潇湘夜雨》或《潇湘雨》。

与元代最著名的戏剧家关汉卿属于同时代人，曾与关汉卿讨论过戏剧艺术。他的外号叫“杨补丁”，说明他编剧技巧高超，善于帮别人修改作品。他写了八部戏剧，只有《潇湘雨》和《酷寒亭》流传了下来。有关他的生平事迹，我们知道的很少。像关汉卿一样，他早期生活于大都。大都不仅是元朝的首都，也是当时戏剧文化的中心。与原本生活于大都的很多戏剧家一样，杨显之可能是在1279年南宋灭亡之后移居南方的。他现存的两部剧作很可能都是移居南方之后撰写的。①

《潇湘雨》很可能受了南戏中那些描写负心丈夫的剧作的影响。在这部剧中，有一处提到了赵贞女，说明杨显之即使不熟悉《赵贞女蔡二郎》那部剧作，但至少对赵贞女和蔡二郎的故事有所了解。②不仅如此，《潇湘雨》的故事题材在元杂剧中是非常独特的，因为它是现存唯一的讲述负心书生故事的杂剧。讲述负心书生故事的剧作在南戏中占据主导地位，如果杨显之确实在1279年之后移居南方，那么他就很有可能受到南戏中这个流行主题的影响。

---

① 参见季国平：《元杂剧发展史》（台北：文津出版社，1993），第250、272、353页。

② 《潇湘雨》，顾曲斋本，第17页；《元曲选》本，第806页。

《潇湘雨》也有可能受到《张协状元》的影响。它的写作日期使得这种假设有成立的可能。剧作文本内的证据显示，它作于1292年之后。① 《张协状元》作于1235—1279年间，因此，《潇湘雨》的创作日期晚于《张协状元》。由此可见，从创作时间来看，杨显之是有机会接触到《张协状元》的。

《潇湘雨》把故事背景置于北宋。这一点可以从张天觉的生平推断出来，他是剧中女主人公的父亲，也是生活于北宋时期的一个真实的历史人物。②

《潇湘雨》包括四折和一个"楔子"。③ 剧作情节可以划分为四个部分。

剧作的第一部分包括三个行动序列：翠鸾与父亲的分离，她被崔文远收养，她与崔通结婚。

---

① 在《潇湘雨》的第三折里，顾曲斋本提到张天觉是"肃政廉访使"，《元曲选》本提到他是"提刑廉访使"。在1292年之前，这个职位的名称是"提刑按察使"。元朝政府于1292年把这个官衔改称为"肃政廉访使"，因此，《潇湘雨》的创作不可能早于1292年。参见《元史》卷三六（北京：中华书局，1976），第5册，第2180~2181页。

② 见《宋史·张天觉传》卷三五一，第16册，第11095~11098页。

③ 元杂剧的通行格式是四"折"加一"楔子"。"楔子"既可以放在其他"折"之前作为序曲，也可以插在任何其他两"折"之间作为过场戏。《潇湘雨》中的"楔子"是放在前面作为序曲的，讲述了翠鸾与父亲分离，被崔文远收养。

第一个行动序列发生于淮河的一个渡口。张天觉是宋朝的谏议大夫，被贬到江州任职。他的夫人早已去世，只有一个女儿翠鸾随他一起去江州。过淮河的时候，他们的船被暴风打翻。张天觉被救起，女儿却不见了。因为他必须按期到江州报到，所以他只好离开渡口，再次踏上旅程。

第二个行动序列发生于渡口附近。翠鸾被人从河里救起来之后，找不到父亲，却遇到附近的一个渔夫崔文远。崔文远想收养翠鸾做女儿，翠鸾同意后，崔文远把她带回家。

在上述两个行动序列中，最重要的事件是翠鸾跨越领域：她离开张天觉的领域而进入崔文远的领域。随之而来的是她的身份发生了巨大变化：从一个高官的女儿变成了一个渔夫的女儿。身份的变更对于翠鸾的命运和情节的发展有着巨大的影响。

第三个行动序列发生在崔文远的家里。崔文远的侄子崔通去京城赶考，顺道拜访他的伯父崔文远。崔文远想把翠鸾嫁给崔通，所以他把翠鸾作为收养的女儿引见给崔通。翠鸾和崔通一见钟情，马上就结了婚。崔通离开翠鸾，继续他去京城的旅行。

如果我们把这部剧作的第一部分与先前作品的相应部分作一对比，就不难发现它们之间有两个比较明显的不同之处。

第一个不同之处在于《潇湘雨》的男女主人公之间没有那种施恩—欠情的关系。在先前的所有作品中，无论是《王魁》《满少卿》，还是《张协状元》，男主人公都欠了女主人公一份情，所以，在男主人公抛弃女主人公的行动中，都隐含着“忘恩负义”这个母题。

在《潇湘雨》中，崔通只是与翠鸾缔结了一个婚姻契约，但他不欠翠鸾的情，所以，“忘恩负义”的母题没有作为男主人公身上的道德污点而进入本剧。

《潇湘雨》与先前作品的另一个明显不同是女主人公身份的改换。改换身份在剧作第一部分中所起到的作用，是创造一个让女主人公与男主人公相遇和结婚的机会。

除了在剧作第一部分所起的作用，改换身份的母题在全剧层面上还起着多重作用，我们后面会讨论这些作用。改换身份这个母题的最重要的意义，在于翠鸾是以渔夫女儿这样一个假身份结的婚。

在剧作的第二部分，行动在京城的贡院展开。崔通考中状元之后，主考官赵钱愿意把女儿嫁给他。崔通撒谎说自己尚未结婚，与赵钱的女儿结了婚。他被委任做秦川县令，带着新夫人赴任。

崔通背叛了他对翠鸾发的婚誓，理由是翠鸾身份来历不明：“我伯父家那个女子，又不是亲养的，知他那里讨来的？我要他做什么？”① 崔通背叛翠鸾的真实原因，还是嫌翠鸾社会地位低，只不过是个渔夫的女儿。后来，当崔通得知翠鸾是个高官的女儿时，他后悔道：“我早知道是廉访使大人的小姐，认他作夫人，可不好也？”② 他对翠鸾的背叛说明他是个夤缘攀附之徒，而他后来悔不当初的心理暴露了他的投机者的真面貌。

崔通决定娶赵钱的女儿为妻，因为赵钱的社会地位对崔通有很大的吸引力。崔通认为缔结这门婚事给他提供了一个建立关系网的好机会，而强大的关系网将为他的仕宦前程铺平道路。所以，他才会打定主意，“能可昧神祇，休著失道理”③。

崔通作出抛弃翠鸾的决定，是因为他不知道翠鸾的真实身份。当她的真实身份揭示出来时，他感到后悔莫及。他的弃妻决定也违反了婚姻法则，为此他将受到惩罚。

与先前作品中的男主人公一样，崔通决定抛弃妻子的理由，也是嫌她社会地位低。与崔通最相似

---

① 《潇湘雨》，顾曲斋本，第 7 页；《元曲选》本，第 787 页。

② 《潇湘雨》，《元曲选》本，第 808 页。顾曲斋本没有这一句。它可能是《元曲选》编者臧懋循添加的。

③ 《潇湘雨》，顾曲斋本，第 7 页。两个版本的措辞稍有不同。《元曲选》本是：“能可瞒昧神祇，不可坐失机会。”第 787 页。

的是满少卿。崔通和满少卿都是在社会地位高的家庭向他们提亲时，做出了抛弃妻子的决定。

但是，满少卿与崔通之间还是有很大差别的。满少卿一开始很不愿意接受家族给他包办的新的婚事，只是迫于家族的压力，他才突然变了心思，决定抛弃妻子。与满少卿不同，崔通对于主考官的提亲不仅没有抵触之意，而且生怕失去这个好机会。赵钱提亲时采取的形式，是给了崔通一个问题和一个选择。赵钱派手下人问崔通是否已婚，“若有婚，着他秦川做知县去。若无婚，我家中有一百八岁小姐与他为妻”①。崔通决定抛弃妻子时，既没有承受着压力，也没有表现出犹豫。

满少卿与崔通之间的不同，可以从感情和道义两方面加以解释。从感情方面来说，满少卿与焦氏在结婚之前就私情相悦，结婚之后又在一起幸福美满地生活了两年。当他决定背叛焦氏时，他在感情上对焦氏还是颇为留恋的。从道义方面来说，他对妻子的家庭满怀感激之意，因为多亏了丈人的经济资助，他才有了进士及第、升官任职的前程。当满

① 《潇湘雨》，顾曲斋本，第7页；《元曲选》本，第787页。“一百八岁”是“一十八岁”的有意口误。“一百八岁小姐”听起来很好笑，特别当它出自一个高官之口时。不过，考官赵钱是由承担插科打诨功能的“净”角扮演的，所以才会这样信口调笑。

少卿决意抛弃焦氏时，他有着沉重的道义负担。与满少卿不同，崔通对翠鸾没有感情上的留恋，因为他结婚后马上就离开她赶往京城赴试了。他在科举考试中的成功，也丝毫没有依靠翠鸾的经济支持。因为把他与翠鸾连接在一起的只是一个婚姻契约，所以作出毁约的决定，对他来说就比较容易。

在剧作的第三部分，行动的发生背景是崔通在秦川县的私宅。崔通离开翠鸾三年后，翠鸾得知崔通在秦川县任县令。崔文远让翠鸾去秦川找崔通，以便夫妻团聚，他随后也来秦川与他们相见。当翠鸾来到崔通私宅时，发现他娶了一个新媳妇赵小姐。崔通不承认翠鸾是他的妻子，谎称她是他家偷了银器逃走的奴婢。首先，崔通命令手下剥去翠鸾的外衣，用棍棒打她。其次，他判决在翠鸾脸上刺上“逃奴”字样，流放沙门岛。在解差押解翠鸾上路之前，崔通嘱咐解差说“一路上则要死的，不要活的”①。

《潇湘雨》的这一部分与《张协状元》的对应部分非常相似。在这两部剧中，女主人公都试图与丈夫团聚，丈夫都拒绝认其为妻，而且都试图要谋杀她。不过，两部剧也有很多不同之处。

《潇湘雨》和《张协状元》的重要不同之处首

---

① 《潇湘雨》，顾曲斋本，第11页；《元曲选》本，第791页。

先表现在情节上。在《张协状元》中，男主人公拒绝承认妻子和谋杀妻子是两个分开的行动。首先，贫女来到京城见到张协，张协拒绝承认她是妻子，之后贫女就回到五鸡山的庙里。其次，张协在赴任途中路过五鸡山时，寻找到贫女并试图杀害她。在《潇湘雨》中，崔通拒绝承认翠鸾为妻和他图谋害死翠鸾是结合在一起的一个行动。两部剧作在情节上的这种差异，可能与南戏和杂剧在体制规模方面的差别有关。就长度而言，杂剧比南戏要短得多，所以杂剧倾向于紧缩情节，而南戏则倾向于延伸情节。《潇湘雨》叙事俭省的特点可以由此得到理解。

《潇湘雨》和《张协状元》的另一个重要不同之处在于人物刻画。翠鸾和贫女的行动是非常相似的，但面对丈夫的背叛，她们做出的反应揭示了她们不同的性格特征。张协先是拒绝与贫女见面，后来又让人把她从他的住宅打出去。遭到丈夫这样的对待，贫女所能说出来的却只是批评张协"没恩没义"[1]。当她回到庙里时，她甚至想到自己配不上张协："奴家貌既丑，家既贫，如何招得状元?"[2] 与贫女不同，翠鸾显得自信而大胆。翠鸾得知崔通另娶了一个媳妇后，当见到崔通时，一上来就开始责骂和质问他："崔甸士，你好负心也！怎生你得了

① 《张协状元》第34出，第161页。
② 《张协状元》第39出，第169页。

官，不着人来取我？”① 在翠鸾看来，崔通作为丈夫，在得了官赴任之后，有责任派人接她来任所，而崔通需要对自己为什么不履行做丈夫的职责作出解释。翠鸾把崔通另外娶妻的行为看作是对她的冒犯，为此崔通应该遭到她的责骂。翠鸾不仅大胆当面指责崔通，而且把怒火发泄到赵小姐身上，说：“谁知你再娶停婚先有个泼贱儿。”② 甚至当她遭受棒打，忍受痛苦的时候，她仍然不屈不挠地向崔通要个说法：“我只问你个亏心甸士，怎揣与我这无名的罪儿。”③ 当崔通真的捏造一个罪名给了她时，她直接咒骂崔通是个“短命贼”④。

翠鸾的倔强不屈与贫女逆来顺受的性格形成了鲜明的对比。她们性格上的差异，反映了她们身世背景的不同。贫女是生活于社会底层的一个十分单纯的劳动者。当她试图进入做了官的张协的领域时，她是以仰视的目光来看张协的。当她遭到张协的羞辱时，她以默然忍受、不向他人寻求怜悯来保

① 《潇湘雨》，顾曲斋本，第10页；《元曲选》本，第789页。

② 《潇湘雨》，《元曲选》本，第790页。顾曲斋本没有这句。

③ 《潇湘雨》，《元曲选》本，第790页。顾曲斋本没有这句。

④ 《潇湘雨》，《元曲选》本，第790页。顾曲斋本没有这句。

持自己的尊严。翠鸾在试图进入做了官的崔通的领域时，也是来自一个社会地位低的领域，来自一个渔夫的家庭。不过，她是作为一个高官的女儿长大的，所以在她的身份意识中，做了官的崔通并不是她仰视的对象。当她觉得自己的权利遭到践踏的时候，她能够尽情发泄自己的愤怒。她通过抗议和指责崔通的残酷无情来保持自己的尊严。

《潇湘雨》和《张协状元》的男主人公，在性格上也有不同之处。首先，张协的性格特征是鲁莽，而崔通则是精明。张协在成功地把贫女从他京城的住宅赶出去之后，却仍然处心积虑地寻找她加以谋害，这显示了他做事鲁莽、不顾一切的性格。他亲自扮演谋杀者的角色，说明他是用快意恩仇的态度来看待自己与贫女的关系，而且对于谋杀这个念头近乎痴迷。与张协不同，崔通懂得如何利用他手中的职权，知道怎样掩盖他的谋杀动机。身为县令，崔通除掉翠鸾十分容易，首先给她捏造一个罪名，然后马上判处她流放，这样一来，就排除了翠鸾可能给他与第二个妻子的关系带来的任何威胁。崔通也很小心地掩盖了他要谋害翠鸾的意图，仅仅对押送翠鸾去流放地的解差交代了一句。张协在筹划谋杀的时候显得焦虑不安，而崔通在做好谋杀的安排后显得轻松惬意。他在打发翠鸾上路之后，对赵小姐说："如今这一去，遇秋天阴雨，棒疮发呵，他也无那活的人也。咱和你后堂中饮酒去来。”① 如果说张协的残忍是通过他对谋杀贫女的痴迷狂热表现出来的话，那么崔通的残忍则是通过他对翠鸾痛苦的无动于衷表现出来的。

两个男主人公在性格上还有另外一个不同之处。张协的行为主要受虚荣心的支配，而崔通的行动则主要出于实用主义的考虑。当宰相的女儿向张协发出求婚的信号时，他傲慢地拒绝了她的求婚。而他谋杀贫女的动机，竟然是因为他相信，与身份低微的女人的婚姻关系，会降低他在上层社会中的尊严。崔通图谋杀害翠鸾，动机是他想要维持与一个高官的姻亲关系。在他打发翠鸾走后，他说明了这样做的动机：

清廉正直不认亲，苦打加刑赶妇人。
今朝欢聚销金帐，只认高门辨假真。②

与先前作品相比，除了女主人公之外的另一个女性人物在《潇湘雨》中得到了更丰富的描写。在《满少卿》中，满少卿后娶的妻子朱氏是在女主人

① 《潇湘雨》，顾曲斋本，第 11 页；《元曲选》本，第 791 页。

② 《潇湘雨》，顾曲斋本，第 11 页。《元曲选》本没有这四句。

公焦氏死后才与她的鬼魂见了面，所以她的行动对于满少卿和焦氏的关系产生不了什么影响。在《张协状元》中，胜花的死亡只是给她父亲找张协报仇提供了一个借口，她的行动只是间接地影响了张协与贫女的关系。与先前作品不同，《潇湘雨》中的赵小姐直接卷入了崔通与翠鸾的互动之中。当翠鸾赶到秦川县与崔通见面时，赵小姐在现场，而她的在场抬高了场面的紧张程度。当祗从报告说相公的夫人来到时，崔通对赵小姐说："夫人，你休出去，只在这里伺候。待我看他去来。"① 崔通担心赵小姐会发现真相，而一旦她发现了真相，他竭力想维持的第二次婚姻就会产生危机。当翠鸾见到崔通并责骂他时，赵小姐也开始咒骂崔通："好也罗！你道你无媳妇，可怎生又有这一个来？我则骂你精驴禽兽，兀的不气杀我也。"② 崔通迫害翠鸾，在一定程度上是一种自觉的表演，他想通过这种表演向赵小姐证明他的清白，解除他的婚姻危机。正因为赵小姐是一个在现场的观者，所以崔通必须尽力表演，这就意味着他必须严厉地惩罚翠鸾才能让赵小姐相信他的清白。

① 《潇湘雨》，顾曲斋本，第 10 页；《元曲选》本，第 789 页。

② 《潇湘雨》，顾曲斋本，第 10 页；《元曲选》本，第 789 页。

在崔通打发翠鸾走后，赵小姐仍然满腹狐疑，对崔通说："相公，莫非是你的前妻，敢不中么？[1]不如留他在家，做个使用丫头，也省的人谈论。"[2]崔通回答说："夫人，不要多心，我那里有前妻来？"[3] 为了让赵小姐相信他的清白，同时也是免除对他的第二次婚姻的潜在威胁，即使当赵小姐建议他留下翠鸾时，他也不能显露出对翠鸾有丝毫怜悯。

《潇湘雨》的第四部分包括三个行动序列。第一个序列讲述翠鸾与张天觉父女团圆，第二个序列讲述逮捕崔通，第三个序列讲述翠鸾与崔通夫妻团圆。

第一个序列主要发生在临江驿。张天觉被皇帝召回，任命他做廉访使。在他四处巡视的旅途中，住宿于临江驿。崔文远要去秦川与翠鸾团聚，也在临江驿住宿。同时，翠鸾在解差的押解下，在秋天的凄风苦雨中饱受折磨。她来到临江驿避雨，与张天觉相逢。张天觉听翠鸾讲了她的遭遇后，命令手下去逮捕崔通，翠鸾自报奋勇，亲自带人去捉拿崔通。

---

① 《潇湘雨》，顾曲斋本，第 11 页。这个版本没有下面的几句以及崔通的回答。

② 《潇湘雨》，《元曲选》本，第 791 页。

③ 《潇湘雨》，《元曲选》本，第 791 页。

第二个行动序列发生在秦川县。翠鸾带人逮捕了崔通和赵小姐，把他们带到临江驿。①

第三个行动序列发生在临江驿。崔通和赵小姐被带到临江驿，张天觉下令将他们立即处死。在这个时刻，崔文远出现，为崔通求情。翠鸾让父亲饶恕崔通，张天觉同意了，也答应翠鸾的要求，罚赵小姐做翠鸾的丫头。翠鸾与崔通夫妻团圆。

在剧作的第一部分的第一个行动序列中，翠鸾与张天觉因为翻船事故而失散了。离开张天觉后，翠鸾进入崔文远的领域，过上了渔夫女儿的生活。翠鸾与张天觉重逢后，她重新进入了张天觉的领域，恢复了高官女儿的身份。身为廉访使，张天觉是权力的象征，翠鸾与父亲的团圆意味着她与权力的重新结合。获得权力后，翠鸾开始寻求报复崔通的机会和方法。

然而，她没有真正地实施她的复仇计划，最终同意与崔通重做夫妻。使她改变主意的是贞操观念：她不想再嫁给另外一个男人。贞操观念在《潇湘雨》中所起的作用，类似于婚姻命定观念在《张协状元》中所起的作用。女主人公就是用这样的信念，为她们决定与男主人公重做夫妻找到可以辩解

---

① 在顾曲斋本中，赵小姐不见于这个以及下一个行动序列。在赵小姐和崔通目睹翠鸾被押送走之后，赵小姐就从这个版本中消失不见了。

的借口。①

关于婚姻命定和贞操信念出现于剧中，是为了解释为什么在典范情节的转向模型中缺少诗性正义。在典范情节的最初模型中，女主人公的死亡引发了男主人公的死亡，因此，报应原则得以实现，诗性正义得到了满足。在典范情节的转向模型中，男主人公的罪行没有受到惩罚，相反，他们却与女主人公夫妻团圆。这样的结局给观众留下的印象是，正义没有得到伸张。为了使夫妻团圆显得合理，就要让女主人公愿意重新接纳她们那不忠实的丈夫，而促使她们愿意这样做的，就是她们私人领域中的强大信念。

《潇湘雨》中包含的模式，可以表述为一个包括七个部分的结构。

---

① 婚姻命定是带有宗教色彩的传统信念，与之相比，贞操关系到更为主动的道德选择。《潇湘雨》之所以出现贞操观念，可能与它作于元朝统治时期有关，因为女性美德在那个时期成为一个重要问题。正如有学者指出的那样："在整个中国历史中存在的一个一般原则是，每当不道德在现实中得胜的时候，道德就会得到大力的提倡。每当统治阶层的利益受到外来侵略的威胁，每当汉族文化生活的理想模式因为受到外来因素的污染而腐败变质，有关贞操和忠诚的信仰就会被人做出繁琐的规定，被抬举出来以赞美女性的坚贞。" Tien Ju - Kang, *Male Anxiety and Female Chastity: A Comparative Study of Chinese Ethical Values in Ming - Ching Times* (Leiden: E. J. Brill, 1988), p. 17.

第一部分，女主人公的领域中发生了一个巨大的变化（她从一个社会地位高的领域进入一个社会地位低的领域）。

第二部分，一个婚姻契约把男女主人公的领域结合起来（男主人公与女主人公缔结婚约）。

第三部分，男主人公的领域发生了一个巨大的变化（他在科举考试中获胜）。

第四部分，男主人公断绝了与女主人公领域的关系（他毁掉了婚约）。

第五部分，男主人公试图消灭女主人公的领域（他试图通过谋杀使婚姻契约不再成立）。

第六部分，女主人公的领域发生了一个巨大变化（她被带入一个社会地位高的领域）。

第七部分，一个婚姻契约再一次把男女主人公的领域结合起来（婚姻契约重新建立）。

如果我们把《潇湘雨》包含七个部分的结构与《张协状元》包含六个部分的结构相比较，就会发现它们基本相同，唯一不同之处在于第一部分。《张协状元》中缺少与《潇湘雨》对应的第一部分。

上述结构上的差异使得两部剧作男主人公所承受的反讽有了差别。崔通抛弃的是作为一个渔夫女儿的翠鸾，而张协娶的是作为一个高官女儿的贫女。

对于崔通而言，反讽的是，他抛弃的那个女人（渔夫女儿）是他真心想要的（高官女儿）。

对于张协而言，反讽的是，他第二次娶的那个女人（宰相之女）是他一心要杀掉的女人（靠纺织谋生的手工劳动者）。

第四章

典范情节的反转：从背叛到忠实

在前面考察过的蕴含典范情节的不同作品中，男主人公在故事结尾处所遭遇的命运是不同的：有的遭受死亡的惩罚（如《王魁》《满少卿》），有的与妻子团圆（如《张协状元》《潇湘雨》）。尽管各自的命运不同，这些不同作品中的男主人公在行动意图上却有一致之处：都想要抛弃妻子。因此，出现于11世纪到13世纪不同作品中的男主人公，其形象也是一致的：一个背叛妻子的状元。然而，到了14世纪，一个负面的、否定性的状元形象被转化为一个正面的、肯定性的形象，一个背叛妻子的丈夫被转化为忠实于妻子的丈夫。问世于11—13世纪的不同作品中，有一个主题是共同的，即权力制胜权力。能用来制胜男主人公权力的，可以是鬼魂的超自然权力（如《王魁》《满少卿》），也可以是高官的更强大的政治权力（如《张协状元》《潇湘雨》）。而在14世纪的作品中，则出现了一个新的主题，即道德制胜权力。14 世纪作品中的种种变化，标志着典范情节从先前的模型发展成为反转的模型。

反转模型的最佳代表是《荆钗记》。这部剧对先前模型的颠覆性改造如此成功，以至于它的改写方式成为后来作者的模仿对象。我们下面首先考察《荆钗记》中蕴含的反转模型，然后讨论这个模型在《紫钗记》和《焚香记》中是怎样得到运用的。

一、反转模型的范式：南戏《荆钗记》

《荆钗记》是所谓“四大南戏”或“四大传奇”之一。这部剧写作于元代，但没有元代版本流传下来。流传下来的版本都或多或少经过明代人的修订。①

关于《荆钗记》的作者，仍然是一个有争议的问题。大多数现代学者认为，柯丹邱最有可能是这部剧的作者。不过，除了知道他是苏州敬先书会的一名成员之外，就找不到关于这个人的其他信息了。

《荆钗记》的故事背景是宋代。剧中的男主人

① 下面讨论中所用的《荆钗记》，是《六十种曲》本（又称汲古阁本）的现代校注本，收入俞为民校注《宋元四大戏文读本》（南京：江苏古籍出版社，1988），第 9 ~ 173 页。

公王十朋是一个历史人物。①

历史上的王十朋确实于1157年参加了考试，得了状元。不过，戏剧中所讲述的关于他的事迹，得不到历史资料的佐证。由此可见，这部剧只是利用了一个历史人物的名字，而剧中的故事都是虚构的。

这部剧共有48出，按照情节发展可以划分为四个部分。

在剧作的第一部分（第2～15出），剧情围绕着钱玉莲的婚事展开。三个主要人物在这一部分都出场了：男主人公是王十朋，女主人公是钱玉莲，反面主人公是孙汝权。

剧作这一部分的行动发生于三个领域。首先是钱流行的领域，这个领域中的人物包括他的妻子、妹妹以及女儿钱玉莲。王十朋的领域中只有两个人物，即他的母亲和他本人。孙汝权的领域由孙汝权及其仆人组成。

钱流行派一个媒人到王十朋家去提亲，促使钱流行领域与王十朋领域之间开始互动。就经济条件而言，钱流行领域要高于王十朋领域。钱流行之所以愿意把女儿嫁到一个比较低的领域，是因为王十朋身上具有一项足以抵消其贫穷的价值：他的学

① 详情参见《宋史·王十朋传》卷三八七，第17册，第11387页。

识。在钱流行的价值天平上，学识比财富的价值要高。钱流行信奉这样的价值体系毫不奇怪，因为他本人就是一个士人。年轻的时候，钱流行曾考中过贡元。① 他是士人领域的一个成员，不单是因为他过去有这样的经历，而且也因为他主动选择与士人为伍。甚至当他需要一个媒人时，他都要找一个退休的士大夫来承担。②

钱流行在此之前曾派人去王十朋家提亲，但王十朋家穷得出不起彩礼，所以王十朋的母亲回绝了这门亲事。③ 这时发生了一件事，增加了王十朋在钱流行眼里的价值。王十朋在堂试中得了第一名。④ 王十朋在堂试中获得的成功，证明了他的才华，预示着他在更高一级的考试中将会获得成功。这刺激了钱流行再次派媒人去王十朋家提亲。⑤ 因为钱流行如此执着地要与王十朋家结亲，王十朋的母亲只好同意，拿一支荆钗作为定亲的彩礼。⑥

钱流行与王十朋的母亲为钱玉莲和王十朋定亲之后，正常的议婚步骤却被孙汝权打断了。孙汝权

---

① 《荆钗记》第3出，第18页。
② 《荆钗记》第5出，第28页。
③ 《荆钗记》第6出，第31页。
④ 《荆钗记》第4出，第25页。
⑤ 《荆钗记》第6出，第32页。
⑥ 《荆钗记》第6出，第32页。

是王十朋的同学，他看中了钱玉莲的美貌。① 孙汝权通过钱流行的妹妹张妈妈向钱家提亲，拿一对金钗作为定亲彩礼。②

孙汝权的求亲，引起了钱流行与其妻子的冲突。钱流行愿意把女儿嫁给贫穷而有才的王十朋，玉莲的继母却看中了无才而有钱的孙汝权。③ 因为夫妻俩无法达成一致意见，他们让钱玉莲自己定夺。这个选择是对钱玉莲道德原则的考验。

作为婚配对象，王十朋与孙汝权恰好形成鲜明的对比。王十朋才华横溢，而孙汝权不学无术。王十朋家境贫寒，而孙汝权则是城里最有钱的财主。王十朋家的荆钗和孙汝权的金钗象征着两家经济条件的天渊之别。钱玉莲的选择决定了她结婚以后将要过富贵的生活还是贫寒的生活。钱玉莲选择了荆钗，这说明她像父亲一样，认为学识比金钱更有价值。④

钱玉莲选择王十朋作为结婚对象，惹恼了她的继母。为了逼迫钱玉莲接受孙汝权的求婚，她的继母给了钱玉莲两个选择。⑤ 如果钱玉莲同意嫁给孙

① 《荆钗记》第7出，第36页。
② 《荆钗记》第7出，第38页。
③ 《荆钗记》第8出，第40~41页。
④ 《荆钗记》第9出，第46页。
⑤ 《荆钗记》第10出，第50页。

妆权，她的继母愿意给她一大笔嫁妆。如果她坚持要嫁给王十朋，她的继母就一点儿嫁妆也不给她。①在钱玉莲的价值天平上，财富的价值并不高，所以她没有屈服于继母的压力，在没有嫁妆的情况下嫁给了王十朋。②

王十朋要离开家乡，去京城参加科举考试，但家里没钱做盘缠。钱流行给了王十朋一些钱做盘缠。③ 钱流行还帮了王十朋另一个忙，即把王十朋的母亲和钱玉莲接到自己家里，以便王十朋不在家时可以照顾好她们。④ 钱流行的这些做法，让王十朋欠了他一份情。

《荆钗记》的这一部分与先前作品的第一部分有很多相似之处，其中最明显的相似之处就是男女主人公经济条件的对比，男女主人公两个领域之间建立的有恩—欠情关系。像先前的作品一样，钱玉莲的领域在经济上高于王十朋的领域，由于这个原因，王十朋欠了钱玉莲及其父亲的一份情。

不过，剧作的这一部分与先前作品的相应部分之间也有明显的不同之处。在先前的作品中，男女主人公之间的婚姻关系并没有受到第三者的干扰。

---

① 《荆钗记》第 10 出，第 50 页。
② 《荆钗记》第 11 出，第 52 页。
③ 《荆钗记》第 15 出，第 67 页。
④ 《荆钗记》第 15 出，第 66 页。

在这部剧作中，新添了男主人公之外的另一个男性人物孙汝权，作为女主人公的一个富有的追求者。他在剧中出现的主要作用，就是干扰男女主人公的婚姻。这部剧作中新添的另外两个人物是钱玉莲的继母和姑母，她们的功能是充当反面主人公的帮手。

这部剧作与先前作品的另一个不同之处，在于女主人公的品德。在先前的作品中，女主人公被理所当然地认定为有品德，只有男主人公的品德需要接受考验。在这部剧作中，女主人公不再被理所当然地认定为是有品德的人，她也需要通过考验来证明自己的品德。愿意要荆钗还是愿意要金钗，这是对钱玉莲的道德准则的考验。钱玉莲通过了考验，证明自己是一个有品德的女人。

在剧作的第二部分（第 16～24 出），王十朋成功通过了殿试，成了状元。万俟丞相想把女儿嫁给王十朋，但王十朋拒绝了这门亲事。①

在《张协状元》中，张协同样拒绝了宰相女儿的提亲。不过，王十朋拒绝婚事的动机与张协有明显的差异。张协拒绝提亲是出于傲慢自大，而王十朋拒绝了提亲，则是因为他恪守道德准则。张协在他结婚与否问题上撒了谎，而王十朋则告诉万俟丞

① 《荆钗记》第 19 出，第 87～88 页。

相，他已经结婚，不能停妻再娶。从王十朋与张协动机的差异上，我们可以看到男主人公从早先的背叛丈夫形象向后期的忠诚丈夫形象的转变。

如果说孙汝权向钱玉莲提亲是对钱玉莲品德的一次考验，那么万俟丞相向王十朋提亲则是对王十朋品德的一次考验。王十朋经受住了考验，证明了他是一个有品德的男人。剧作中先后出现的对女主人公和男主人公的考验说明，这部剧作的情节是按照考验—奖赏的模式构建起来的。

万俟丞相的提亲代表着政治权力对王十朋私人生活的入侵，说明当一个士子进入官僚世界的时候，他的私人生活有可能遇到麻烦。王十朋成功地抵抗住了这种入侵，避免他的私生活遭受政治势力的颠覆。尽管他保护了自己的私生活不受干扰，他在公共生活的领域却遭到了报复。万俟丞相因为未能与新科状元建立姻亲关系而发怒，所以决定采取行动惩罚王十朋。王十朋本来是要被分配到江西饶州做官，这是一个富饶的鱼米之乡。科举考试中了第二名的王士宏本来要被分配到广东潮阳去做官，那里是容易患上热带病的瘴气地区。万俟丞相把王十朋和王士宏的职位调换过来，希望王十朋感染上热带病，死在广东。万俟丞相惩罚王十朋的另一个行动，是命令王十朋留在京城听候差遣。这样一来，王十朋就不能回家探亲，这给了孙汝权一个施展阴谋诡计的机会。

如果说万俟丞相是王十朋在公共生活领域的敌人，那么孙汝权就是王十朋在私人生活领域的敌人。孙汝权是王十朋的同学，跟王十朋一起来京城应试，但不学无术，故名落孙山。王十朋留在京城听候差遣的时候，写了一封家书，让一个官府信差把信捎给家里。[①] 孙汝权得知此事后，趁机修改了王十朋的家书。经过孙汝权修改后的信中说道，王十朋已经娶了万俟丞相的女儿，决定休掉钱玉莲。[②]

这封经过篡改的信送到之后，立即打破了钱流行家的平静生活。钱玉莲的继母相信王十朋确实抛弃了妻子，王十朋的母亲和钱玉莲都不认为这封信的内容是真实的。在钱玉莲和王十朋的母亲看来，有学问的人懂得道德准则，而且也依照道德准则行事。[③] 为了找出事实真相，钱流行去询问刚从京城返回的孙汝权。孙汝权不仅证实了信的内容是真实的，而且再次表示愿意娶钱玉莲为妻。[④] 当钱玉莲的继母试图强迫钱玉莲嫁给孙汝权时，钱玉莲投江自尽。[⑤]

---

① 《荆钗记》第20出，第91页。

② 《荆钗记》第21出，第94页。

③ 《荆钗记》第22出，第98页。

④ 《荆钗记》第23出，第101页。

⑤ 《荆钗记》第26出，第110页。

钱玉莲的继母试图强迫钱玉莲嫁给孙汝权，可以说是对钱玉莲的再一次考验。钱玉莲不仅是一个有品德的人，而且还是一个有信念的人。即使在孙汝权证实信中所说为事实以后，钱玉莲仍然不相信王十朋会抛弃她。当她的继母试图强迫她嫁给孙汝权时，她回答说，即使王十朋娶了另一个女人，她也不会嫁给另一个男人，因为她要保持自己的贞操。钱玉莲之所以投江，是因为担心她的继母会设一个圈套让她再婚。她的投江自尽证明了自己是一个坚守贞操的女人。

在剧本的第三部分（第25~44出），钱玉莲进入了另一个领域，钱流行的领域与王十朋的领域结合在一起。

在剧作的这一部分，虚假不实的信息仍然阻碍着男女主人公的团聚。尽管钱玉莲被人从江中救了起来，在其他人物的内心领域中，她的死亡仍然被标记为真实的信息。当王十朋的母亲与王十朋在京城团聚时，他告诉儿子，玉莲已死。① 钱载和是一个赴任途中的官员，他从江中救出钱玉莲后，认她为女儿，带她去了福建任所。② 万俟丞相为了惩罚王十朋而采取的措施，在剧作的这一部分仍然发挥着影响。因为钱玉莲从王十朋那封经过篡改的信中

① 《荆钗记》第31出，第125页。

② 《荆钗记》第26出，第111~112页。

得知，王十朋被派遣到江西饶州任职，所以钱载和派了手下人到饶州去送一封信给王十朋。手下人回来后说，王十朋已经去世。[1] 在饶州去世的那位姓王的官员实际上是王士宏，万俟丞相把王士宏的职位与王十朋的职位作了对调。正如王十朋相信钱玉莲已经去世，钱玉莲也相信王十朋已经死亡。他们的认知世界有漏洞，所以无法团聚。

在剧作的第二部分，品德和贞操暂时被邪恶势力所击败。到了剧作的第三部分，道德开始战胜邪恶。王十朋在广东潮阳做了五年官之后，被提拔做了吉安知府。[2] 他的被提拔重用，宣告了万俟丞相对他施加的政治迫害没有达到目的，同时证明了一个有才华的士子也可以是一位能干的官员。

在剧作的这一部分，王十朋的行动完全符合善有善报、恶有恶报的箴言。孙汝权控告钱流行没有归还他的订婚彩礼，负责审理此案的是温州府的推官周璧，与王十朋同榜考中进士。王十朋写了封信给周璧，诉说了孙汝权做过的恶事。周璧下令将孙汝权打一顿板子，然后押解去京城结案。[3] 孙汝权的恶行受到了惩罚，他的领域被排除了。王十朋把钱流行夫妇接到自己的任所，照顾他们，尽管这时

---

① 《荆钗记》第 34 出，第 132 页。

② 《荆钗记》第 37 出，第 139 页。

③ 《荆钗记》第 40 出，第 148 ~ 149 页。

大家都认定他的妻子已经去世。① 王十朋以这种方式报答了钱流行对他的帮助，钱流行的领域与王十朋的领域结合在一起。

钱玉莲进入钱载和领域的方式与《张协状元》中贫女进入王德用领域的方式非常相似。与王德用一样，钱载和是一个高级官员，他把钱玉莲收养为女儿，带她去了自己的任所。两位女主人公都是在其生活最危急的时刻被带入另一个领域的：贫女是在她刚刚从张协的谋杀中幸存下来，钱玉莲则是刚从投江自杀中被救起来。不过，跨越领域对于两个女主人公的作用是不一样的。在《张协状元》中，重点强调的是贫女获得了一个新的身份，这个身份使得她有了与丈夫再做夫妻的可能。在《荆钗记》中，钱玉莲进入了另一个领域，则给她提供了一个逃避第二次结婚的出路。换句话说，被人收养，给贫女增添了战胜张协的权力，给钱玉莲增添了保持贞节的能力。

从剧作的第三部分中可以看出，剧作家是通过什么样的手法把状元弃妻典范情节从背叛—惩罚模型转化为考验—奖赏模型的。最基本的手法，就是把先前作品中的真实事件变成虚假信息。在先前的作品中，男主人公在考试获胜后决定抛弃妻子。在

① 《荆钗记》第44出，第154～155页。

这个时候，一个具有更高社会地位的家庭前来求亲，往往是促使他作出最后决定的一个重要因素。在《荆钗记》中，王十朋没有抛弃自己的妻子，万俟丞相的求亲被他拒绝了。只是因为孙汝权篡改了王十朋的信并编造了谎言，王十朋才被人们认作是一个抛弃妻子的负心丈夫。男主人公的背叛，在先前作品中属于真实母题，在这部剧中却变成了非真实母题。尽管是非真实母题，但它在剧中所起的作用，与真实母题在先前作品中所起的作用并无不同。正如王魁负心的真实消息导致了桂英的自杀，王十朋负心的虚假消息同样导致了钱玉莲的自杀，尽管消息与自杀之间的因果关系在这部剧中不像在《王魁》中那么直接。

随着男主人公从一个负心士子的形象转化为一个忠心丈夫的形象，情节从背叛—惩罚模型转化为考验—奖赏模型，作者对待状元的态度也发生了变化。在先前的作品中，男主人公科举考试获胜之后忽然变了心，这说明有才的人不一定有德。科举中的获胜成了对男主人公的一次道德考验。由于男主人公没有经受住考验，这就使得才能与品德处于对立冲突之中。在《荆钗记》中，才与德的对立在男主人公身上被统一起来。王十朋坚守道德准则，证明了科举获胜者可以既有才又有德。剧作者对待科举获胜者的这种赞赏的态度，不仅通过王十朋的行动表现出来，而且也通过其他人物的信念表达出来。王十朋的母亲和钱玉莲坚信，一个懂得道德准则的士子不可能不遵守那些原则。先前作品中那种对待科举获胜者的不道德行为所持的批评态度，在这部剧作中却变成了对科举获胜者的高尚品德的坚信。

随着科举获胜者从一个负心的士子变为一个忠心的丈夫，毁掉女主人公幸福的邪恶力量也发生了变化。在先前的作品中，邪恶力量的代表是处于男主人公内心领域的某种东西。男主人公内心的不道德动机引发了他的背叛行为，而他的背叛毁掉了女主人公对于幸福婚姻生活的渴望。《荆钗记》把原本处于男主人公内心领域的邪恶动机转移到了另一个人物的领域。

孙汝权是女主人公的追求者，也是一个恶棍，代表着毁掉女主人公幸福婚姻的一种外在的邪恶力量。在先前的作品中，道德冲突的场所是在男主人公的内心领域之内。《荆钗记》创造了一个主人公对手之后，就把道德冲突的场所转移到了事实领域。如果说先前的每一部作品都在一定程度上称作一部心理剧，那么，《荆钗记》可以说就是一部情节剧、煽情剧。先前的作品把兴趣焦点放置于男主人公的心理发展上面，而这部剧则把兴趣焦点放在不同人物领域之间的冲突上面。它的道德世界是一个黑白分明的世界，男女主人公的领域等同于道德，而主人公对手的领域则等同于不道德。它将道德人格化了，一方面固然增加了它的戏剧紧张感，另一方却把人物缩减为单层面的代表道德原则的符号。

在剧作的第四部分（第45～48出），王十朋的领域与钱玉莲的领域结合在一起。① 钱载和升职为两广巡抚，在巡访的旅途中来到吉安，与王十朋见面。他建议王十朋再婚，以此考验王十朋是否贞节。当王十朋表示他不愿再婚时，钱载和责备他不孝，因为这时王十朋尚无子嗣。② 为祖先尽孝还是为妻子守节，在这两个道德原则面前，王十朋选择了忠于妻子，哪怕这意味着他违背了孝的原则。③ 当邓大人出面为钱载和的寡妇女儿向王十朋提亲时，这个考验又重复了一次。王十朋给出了同样的回答，由此证明他是一个在妻子死后仍然不会背叛

① 有关最后一部分的讨论，依据的是《原本王状元荆钗记》，收入《古本戏曲丛刊初集》（北京，文学古籍刊行社，1954）。通常认为这个版本更接近于元代版本。除了最后一部分之外，两个版本在情节上差别不大。

② 孟子认为，在三种可以列为不孝的罪过之中，没有后嗣的罪过最大。见《孟子》（《十三经注疏》本，收于《孟子注疏及补正》，台北：世界书局，1963），第24页。如果一个人没有后嗣，那么就没有人为祖先奉献祭品，这意味着祖先的魂灵将成为饿鬼。

③ 《原本王状元荆钗记》第45出。

妻子的忠诚丈夫。王十朋通过了对他贞节的两次考验后，钱载和揭示了他女儿的真实身份，于是钱玉莲与王十朋夫妻团圆。①

在这部剧作中，贞节不单适用于女主人公，而且同样适用于男主人公。在王十朋已经去世的消息传来后，钱玉莲表示她绝不再婚。② 作出这个决定的理由，则是她相信一个贞节女子不会出嫁两次。钱玉莲的行为，与《潇湘雨》中翠鸾的行为是相似的。翠鸾决定与崔通重做夫妻，因为她不愿意再嫁给另一个男人。但是，在《潇湘雨》中，贞节原则并没有运用于男主人公身上，因为崔通确实结婚两次，娶了两个媳妇。在《荆钗记》中，婚姻中的忠实原则被平等地应用于男女主人公身上。王十朋的品德不单表现在他拒绝了万俟丞相的提亲，而且也表现在他即使在妻子死后仍然忠实于她。

对王十朋品德的最后两次考验，不仅有助于将戏剧紧张保持到戏剧的末尾，而且也将这部剧的结构原则凸显了出来。这部剧作的情节是由对男女主人公的一系列考验组成的。它开始于剧作第一部分对钱玉莲的考验，结束于剧作最后一部分对王十朋的考验。经受了这些考验之后，男女主人公证明了

① 《原本王状元荆钗记》第 48 出。

② 《荆钗记》第 34 出，第 133 页。《原本王状元荆钗记》第 36 出。

他们是具有高尚品德的丈夫和妻子。当他们在最后一出戏里接受皇帝的封赠时，不仅美德受到奖赏的主题得到进一步渲染，而且考验—奖赏的情节模型也昭然若揭。

状元弃妻典范情节的早期模型，在《荆钗记》中被反转过来。这个反转的情节模型，可以表述为一个由五部分组成的结构。

第一部分，男主人公的领域与女主人公的领域由一个婚姻契约连接在一起。

第二部分，男主人公在科举考试中获胜。

第三部分，外在力量将男主人公与女主人公分开。

第四部分，虚假信息使男女主人公继续分离。

第五部分，男主人公与女主人公夫妻团圆。

二、利用反转模型改写早期故事：传奇《紫钗记》

《紫钗记》是汤显祖（1550—1616）写的一部传奇剧。他在这个剧本上花了差不多20年功夫，最终于1596年完稿。①

《紫钗记》是根据唐代蒋防所写的传奇小说

① 下面的讨论依据的是胡士莹校注：《紫钗记》（北京：人民文学出版社，1982）。

《霍小玉传》改编的。① 下面我们把小说和戏剧两种文本都划分为四个部分，逐一讨论各个部分的异同。

在小说的第一部分，最重要的事件是李益进入霍小玉的领域。李益来长安参加“拔萃”科考试，在此之前他已经考中了进士。他希望得到一个美人做伴侣，所以托专业媒人鲍十一娘给他物色。鲍十一娘把霍小玉介绍给他，两人一见钟情，幸福地在一起生活了两年。

在剧作的第一部分（第 2 ~ 14 出），李益与霍小玉结了婚。在全剧四个部分中，第一部分与小说最为接近。小说第一部分的基本情节在剧作的第一部分基本上得到了保留。不过，汤显祖也做了几处重要的改动。

汤显祖做出的一个重要改动是霍小玉的身份地位。霍小玉在小说中是一个高等妓女，而到了剧中则变成了郡主。小说交代了霍小玉是霍王和婢女所生，同时也明确地把她的身份描写为一个妓女。在戏剧中，不单她的妓女身份消失不见，而且通过不断地称她为郡主来强调她的公主身份。② 抬高霍小

① 下面的讨论中依据的《霍小玉传》，收入汪辟疆校录《唐人小说》，第 77 ~ 82 页。

② 郡主在唐代是对皇太子之女的封号，在明代则是对亲王之女的封号。汤显祖在这里采取的是明代的用法。

玉的身份地位，是剧作者把霍小玉从一个妩媚动人的妓女形象转化为贞节妻子所使用的一个手段。

除了抬高霍小玉的身份地位，剧作者还做了另外一个重要改动，涉及霍小玉与李益的关系。他俩的关系在小说中是妓女与顾客的关系，而到了戏剧中，则变成了妻子与丈夫的关系。李益在小说中对霍小玉做出的许诺属于情人的誓言，到了戏剧中，则变成了婚姻誓约。对于他们二人之间关系的改动，透露了主题重心的变动。小说的主题重点是表现情人诺言的未能实现，而在戏剧中，主题的焦点则转移到婚姻义务的实现。正是这个主题上的移动，使《紫钗记》变得与《荆钗记》更为相似。

在小说的第二部分，李益离开霍小玉的领域，决定与其断绝联系。李益通过了拔萃科考试，被授予郑县主簿的职位。他与霍小玉告别时，答应很快就把她接到他的任所。他到任所就职后，请了假回洛阳省亲。他的母亲安排让他与卢家小姐结婚，他不敢拒绝母亲的安排，决定断绝与霍小玉的联系。

在剧作的第二部分（第 15 ~ 25 出），李益去洛阳参加考试，中了状元。卢太尉想从新科进士中选女婿，所以他下令，所有的新科进士在没有被分配官职之前，必须前去拜见他。李益没有去拜见卢太尉，所以被分配到边防任职。

剧作的第二部分与小说的第二部分差别很大。

两部作品的第二部分只有一点相同之处，即男主人公离开了女主人公的领域。

《紫钗记》的这一部分与《荆钗记》的对应部分有很多相似之处。

首先，在两部剧中，男主人公都中了状元。

其次，两部剧中都有一个高官想为女儿挑选夫婿。

再次，在两部剧中，男主人公都因为冒犯了高官而被分配到一个较差的职务。不过，男主人公冒犯高官的原因有所不同。在《荆钗记》中，王十朋因为拒绝了万俟丞相的提亲而冒犯了他。在《紫钗记》中，李益因为拒绝拜见卢太尉而冒犯了他。

在剧作的第三部分（第 26 ~ 47 出），男主人公与女主人公分离。不过，造成其分离的原因与小说截然不同。

在小说中，李益有意地避免与霍小玉见面，原因是他打算娶另一个女子为妻，并且为自己未能坚守诺言而惭愧。在剧作中，李益与霍小玉是被一个强大的政治力量分离开来。

在小说的第三部分，李益所有行动的动机都是朝向两个目标。

一个目标是履行对家庭的义务，为了与一个社会地位更高的家族联姻而努力。卢小姐出身于社会地位最高的一个家庭，要娶她需要一大笔钱作为彩礼。李益家里素来贫寒，所以他在江淮一带周游，到亲戚家告贷。

李益的另一个目标是断绝与过去情人领域的一切联系。起初，这个目标是出于一个策略的考虑。李益认为，一旦他停止给霍小玉写信，她就会理解他的意图，也就不再对他满怀热望。后来，羞愧感也起了作用，使他有意躲避与霍小玉见面。卢小姐家在长安，李益筹措到足够的彩礼后来到长安。他为自己背叛霍小玉而感到惭愧，当听说霍小玉因为自己的背叛而病倒了，他更加感到羞愧。他觉得无颜面对霍小玉，所以坚决拒绝与她会面。

在剧作的第三部分，李益与霍小玉两人分开不在一起，这一点与小说是一致的。他先是离开京城，后来又回到京城，这一点与小说中他的行踪也是相似的。戏剧中李益与小说中李益的不同之处，在于造成李益与霍小玉不在一起的原因。在小说中，李益与霍小玉之所以不在一起，是因为李益想同另一个女人结婚，而在戏剧中，则是因为李益受到卢太尉的不断迫害。

李益因为没有前去拜见卢太尉而冒犯了他，所以卢太尉把李益分配到玉门关任职，唐朝军队正在那里与吐蕃开战。因为身处战区，李益三年之内都没有机会送一封信给霍小玉，直到卢太尉的手下王哨儿从京城来到玉门关，李益才能让他捎一首诗给霍小玉。[①] 这是在他们分开的四年里，李益给霍小玉的唯一信件。

根据官僚制度的规定，李益在边塞任职三年以后，应该被改派到内地任职。然而，卢太尉运用手中权力去干扰行政规则，因此也干扰了李益的正常生活。当他移镇孟门时，他把李益调去做他的手下参军。不仅如此，他还命令李益从玉门关直接去孟门报到，中间不准回京城，因为李益回到京城就有机会与霍小玉见面了。[②]

在剧作中，到目前为止，卢太尉迫害李益的原因一直是出于政治上的报复。李益总是得不到好的官职，这说明，在那个时代，得罪一个手中握有政治权力的人物会产生多么严重的后果。卢太尉并没有一心一意地要把女儿嫁给李益，这意味着他对李益的迫害与他想给女儿找个佳婿的愿望之间没有直接联系。对于政治迫害的强调，是《紫钗记》不同于《荆钗记》的一个地方，因为在《荆钗记》中，王十朋拒绝万俟丞相的求亲，直接导致了他得不到好的官职。[③]

---

① 《紫钗记》第 34 出。

② 《紫钗记》第 34 出。

③ 《紫钗记》着重描写了得罪一个有权势的人物所产生的严重后果，原因可能与汤显祖曾受到权臣张居正的打击有关。参见徐朔方：《汤显祖评传》（南京：南京大学出版社，1993），第 20～22、34～37 页。

李益来到孟门报到，第一次与卢太尉见了面。在此之后他们之间发生的冲突，与卢太尉想招女婿的愿望密切地联系在一起。在他们见面时，卢太尉向李益提出，如果李益想在仕宦道路上获得成功，就应该抛弃霍小玉，与朝廷高官联姻。李益回答说，他不会背叛自己的婚姻誓言。这说明李益是一个忠实的丈夫。①

李益来到孟门后，卢太尉可以直接控制他了。除此之外，卢太尉还找到了可以用来迫害李益的新的证据。李益在玉门关做参军时，曾写过一首诗表达他对刘节镇的感激之情。这首诗的最后两行是："感恩知有地，不上望京楼。"② 这两行诗可以被解释为表现了一种对皇帝不够恭敬的态度。③ 卢太尉威胁李益，要把这首诗上交朝廷。④

卢太尉回京城的时候，把李益也一同带回。他现在加紧了制服李益的步伐。他把李益软禁起来，有效地防止了李益去会见霍小玉。⑤

---

① 《紫钗记》第 37 出。

② 《紫钗记》第 31 出。

③ 历史上的李益的确写了这首诗，而且因为这首诗遭到贬谪。参见王梦鸥：《霍小玉传之作者及故事背景》，收入王梦鸥《唐人小说研究二集》（台北：艺文印书馆，1973），第 57～70 页。

④ 《紫钗记》第 37 出。

⑤ 《紫钗记》第 41 出。

卢太尉还招来李益的朋友韦夏卿，让他劝说李益娶卢小姐为妻。① 卢太尉获得李益和霍小玉的定情物紫钗后，命令管家的妻子向李益撒谎，说霍小玉已经改嫁。② 虽然李益仍然忠实于霍小玉，但是，他不敢一口回绝卢太尉的求亲，也没有想方设法去会见霍小玉。一方面，他担心自己的仕宦前程，因为卢太尉曾经威胁要把他的诗上交朝廷。另一方面，他也是为了保护霍小玉，因为卢太尉威胁说，如果自己去会见霍小玉，卢太尉可能做出伤害霍小玉的举动。③

在剧作的第三部分，发生于李益领域的事件主要是由汤显祖创造出来的，与小说中的事件很少有相似的地方。相对于李益领域而言，霍小玉领域的事件与小说中的事件非常接近。

在小说的第三部分，李益没有按照许诺派人接霍小玉去团聚，霍小玉焦急地四处打听李益的消息。一年之后，她病倒了。为了获得有关李益的信息，她给李益的朋友和相识的人送礼，这样逐渐花

---

① 《紫钗记》第 42 出。

② 在剧作中，李益和霍小玉是由鲍四娘介绍认识的，而鲍四娘这个人物则是由小说中的鲍十一娘转化而来的。卢太尉使用诡计欺骗李益，他让管家的妻子伪称自己是鲍四娘的姐姐鲍三娘。这样做的目的是为了坐实霍小玉改嫁的假消息，因为鲍三娘宣称她是从鲍四娘那里得到这个消息的。

③ 《紫钗记》第 52 出。

光了她的积蓄。有一次，她让侍婢浣纱把一只紫玉钗送到当铺，当年制作这只紫钗的老玉工认出了它是属于霍王小女的，于是带浣纱去见延先公主，讲述了霍小玉的遭遇。公主为之悲叹，送给霍小玉一大笔钱。李益悄悄地返回长安后，他的表弟崔允明把李益的背叛行径告诉了霍小玉。

这些事件在剧作中大部分得到了保留，但是，引起这些事件发生的原因被改动了。

在小说中，霍小玉的痛苦是由李益的实际背叛行为造成的。到了剧作中，霍小玉的痛苦却是由一连串的虚假信息造成的。第一条虚假信息是由王哨儿带来的，他遵照卢太尉的指示，告诉霍小玉说，李益仍然住在孟门，已经接受了卢太尉的求亲。[1]李益回到京城后，韦夏卿与他会面，感觉到李益对于卢太尉的求亲，态度上有些游移不定。[2]韦夏卿的这个印象，通过崔允明转达给霍小玉，加大了她的焦虑不安。[3]积蓄用尽后，霍小玉把她的紫钗送到当铺，当年制作这只紫钗的老玉工认出了它，把它卖给了卢太尉的管家。卢太尉的管家要为卢太尉女儿出嫁购置一只钗，他告诉老玉工说李益将与卢太尉女儿成婚，而老玉工又把这条信息传达给了霍

① 《紫钗记》第 39 出。
② 《紫钗记》第 42 出。
③ 《紫钗记》第 44 出。

小玉。[1] 霍小玉听到这些有关李益负心的消息后深受伤害，得了重病。

虽然小说第三部分的许多事件在剧作中都得到保留，但是，《紫钗记》第三部分的结构更近似于《荆钗记》，而不是近似于《霍小玉传》。

在《荆钗记》中，万俟丞相迫害王十朋，而孙汝权散布有关王十朋的虚假信息。在《紫钗记》中，卢太尉一个人起到了《荆钗记》中两个人的作用。在迫害男主人公方面，卢太尉起到了万俟丞相的作用。在散布有关男主人公的虚假信息方面，卢太尉起到了孙汝权的作用。这两部剧作的不同之处，在于步骤和事件的数量。在《荆钗记》中，万俟丞相通过分配给王十朋一个不好的官职来迫害他，不过，一旦王十朋出了京城，他的迫害就中止了。在《紫钗记》中，卢太尉为了迫害李益，采取了三个步骤：首先，把他分配到玉门关任职；其次，把他调职到孟门；再次，把他带到京城软禁起来。在《荆钗记》中，孙汝权改动了王十朋的信件，接着又出面证实信中的虚假信息：他是虚假信息的唯一来源。在《紫钗记》中，虽然虚假信息都来自卢太尉领域，但是，它们是通过三个不同渠道分三次进入霍小玉领域的：首先是王哨儿，其次是

① 《紫钗记》第42出。

韦夏卿，最后是老玉工。《紫钗记》中步骤和事件的增多，起到了放大李益和霍小玉所遭受痛苦的作用。

在小说的第四部分，李益和朋友们到崇敬寺赏牡丹，韦夏卿批评李益不该辜负霍小玉，一位身穿黄衫的豪客听到了他们的谈话，命令他的仆人强力把李益带到霍小玉处。霍小玉死在李益怀里，死前发誓说她将变为厉鬼，让李益与其妻妾不得安宁。李益娶了卢小姐后，发现她有外遇，于是休掉了她。李益再找其他女人，也一直没有得到快乐。

在剧作的第四部分，韦夏卿和崔允明打算邀请李益到崇敬寺，劝说他回到霍小玉身边。他们的谈话被一个黄衫豪士听到。当李益来到寺庙时，身边有卢太尉的士兵护卫。李益不愿去霍小玉家，因为他担心那些士兵会伤害他的朋友。但是，那个黄衫客用强力把他带到了霍小玉处。李益消除了霍小玉的误解，夫妻团圆。黄衫豪士把李益和霍小玉的故事以及卢太尉的邪恶行径上奏皇帝，皇帝派刘节镇宣布圣旨。李益被提拔升官，霍小玉得到封赠，卢太尉被削去官职。

在李益与霍小玉会面之前，剧作第四部分与小说第四部分的情节非常接近。在他们会面之后，两部作品可以说完全不同了。就结尾来看，小说讲述的是一个复仇的故事。尽管霍小玉再次见到了李益，但她马上死去，去了另一个世界。因为李益的负心造成了她的死亡，所以她会从另一个世界返回，搅得李益领域不得安宁。李益之所以背叛霍小玉，是因为他想与另一个女人结婚。霍小玉对李益的惩罚，就是使他以后再也未能与任何女人建立起满意的关系。

剧作以夫妻团圆结局，小说以死亡和报应结局，两者形成了鲜明的对比。在剧作中，李益的磨难是由卢太尉造成的，霍小玉的痛苦则是由误解造成的。因此，一旦误解得到解释，卢太尉的权力被剥夺，李益和霍小玉就幸福地团圆了。结尾处皇帝下诏褒扬，使这部剧更类似于《荆钗记》。

综上所述，虽然《霍小玉传》的很多事件都在剧作中得到保留，但是，《紫钗记》在整体上更近似于《荆钗记》。在具体事件和行动层次上，这部剧作看起来更接近小说原作。然而，在结构和主题层面，这部剧是以《荆钗记》而不是以《霍小玉传》为模型的。

汤显祖改写小说的方式，是把小说中原本属于事实领域的事件转移到人物的私人领域。李益背叛霍小玉是故事中的关键事件。在小说中，这个事件发生于事实领域，也就是说，它是小说世界中的一个事实。在戏剧中，李益的背叛却不再是一个事实，而是虚假信息的产物和虚假信念的内容。随着李益的背叛从一个真实事件变为一条虚假的信息，李益的形象就从一个负心的士子变成了忠心的丈夫。在小说中他背叛了，所以应该受到惩罚。在剧作中他保持忠诚，所以应该受到奖赏。就是以这样的方式，原本是关于背叛和惩罚的小说，被转化成了关于忠诚和奖赏的戏剧。这个转化过程，类似于状元弃妻典范情节的早期模型在《荆钗记》中被反转的过程。这也就是《紫钗记》与《荆钗记》非常相似的原因。

三、利用反转模型改写早期故事：传奇《焚香记》

《焚香记》是一部传奇剧，对王魁故事作了改写。① 这部剧的作者王玉峰是汤显祖同时代的人，除此之外，就找不到有关其生平的记载了。

在宋代文言小说《王魁》中，主人公的名被有意地隐去了，“魁”指的是他的状元身份。在剧作中，“魁”被说成是他的名，还说他字“俊民”，这明显是把他与历史人物王俊民联系起来。小说中女主人公的姓名是王桂英，在剧作中则改成了敫

① 下面讨论中使用的《焚香记》版本，见于吴书荫等点校：《焚香记　偷甲记》（北京：中华书局，1989），第1～103页。

桂英。

在下面的论述中，我们把剧作分为四个部分，把剧作的每一个部分与小说中的相应部分进行比较。

在小说的第一部分，王魁是一个在科举考试中失败的士子。他漫游到莱阳，结识了妓女王桂英。王桂英给他提供资助，这样他就能集中精力准备考试。小说这一部分发生的最重要的事件，是王魁进入王桂英的领域，两人之间建立了欠情—有恩的关系。

在剧作的第一部分（第2～12出）中，小说男主人公的基本特质被保留下来：他是一个考试失败后漫游的士子。[①] 不过，小说的男主人公在一个陌生的地方陷入了身无分文的困境，而在戏剧中，男主人公身上带着很多钱。[②] 这意味着，戏剧中的男主人公不必像小说的男主人公那样因为需要女主人公的资助而欠她一份情。

小说女主人公的基本特质在戏剧中被改动了。小说的女主人公是一个妓女，尽管她自己说出身于一个体面的家庭。在戏剧中，女主人公变成了孝女和贞女。她为了安葬父母而卖身，这说明她是一个孝女。她被卖到妓院后拒不接客，这说明她是一个

① 《焚香记》第2出。
② 《焚香记》第5出。

贞女。[1] 剧作对女主人公基本特质的改变，强化了她作为一个德行高尚女子的形象。

小说第一部分中只有一个重要事件在剧作中得到保留：男主人公在离开女主人公去京城之前，两人在海神庙里交换了誓言。[2] 剧作的第一部分新增了小说中所没有的两个事件。这样一来，剧作的第一部分就明显不同于小说的第一部分了。

剧作第一部分新增的一个重要事件，是男女主人公的结婚。[3] 在小说中，男女主人公是作为情人生活在一起的，两人没有结婚。剧作中新增的结婚一事，其意义不容低估。首先，它意味着剧作主题的变化。如果说小说的主题集中于妓女与主顾之间脆弱的爱情关系，那么剧作的主题则转移到夫妻之间的婚姻忠诚。主题上的这种转移标志着剧作偏离了小说原作，而向《荆钗记》靠拢。其次，结婚颠倒了男女主人公之间的关系。在小说中，男主人公接受了女主人公的资助，所以他欠她一份情。在剧作中，王魁是在敫桂英处于危机之时进入她的领域的。当时谢妈妈强逼她接客，她正考虑自杀。[4] 王魁与她结婚，解决了她生活中的危机，所以她欠了

① 《焚香记》第3出。

② 《焚香记》第10出。

③ 《焚香记》第5出。

④ 《焚香记》第3出。

王魁一份情。剧作将男女主人公的有恩—欠情的关系颠倒过来，把王魁突出塑造成一个有高尚品德的人。

剧作这一部分新增的另一个重要事件，是金垒提亲。除了敫桂英之外，这个事件还牵涉其他三个人物。金垒是莱阳最富的财主，尽管他知道敫桂英已经同王魁结婚，却仍然想娶她为妻。[①] 谢妈妈是敫桂英的养母，她劝敫桂英抛弃王魁而改嫁金垒，因为王魁在同敫桂英的三年婚姻生活中已经用尽了他的资财。谢惠德是敫桂英的养父，他支持敫桂英抵抗谢妈妈的胁迫。[②] 敫桂英对金垒财富诱惑和谢妈妈权力胁迫的抵抗，证明了她是一个贞节的女子。

剧作第一部分新增的第二个事件，与《荆钗记》第一部分中的事件颇为相像，新增事件中的人物与《荆钗记》中的人物也颇为相似。当一个富有的男人向女儿求亲时，敫桂英的养父母所做出的反应与钱玉莲父母做出的反应非常相似。谢惠德与钱玉莲的父亲钱流行相似，他们都不把财富视为最高价值。谢妈妈与钱玉莲的继母相似，她们都崇拜富人，鄙视穷人。与孙汝权一样，金垒依仗自己是本城最富的男人，一心要娶一个漂亮女子。在一个贫

① 《焚香记》第6出。
② 《焚香记》第8出。

穷士子和一个富有男人之间，敫桂英选择了贫穷书生，她的选择与《荆钗记》中钱玉莲的选择完全一致。

《焚香记》和《荆钗记》两部剧作中的人物领域也有不同之处。敫桂英养父母的社会地位低于钱玉莲父母。谢惠德是一个妓馆的老板，而钱流行则是一个富有的乡绅。这种身份地位的差别，可以解释谢惠德领域中道德标准低下的原因。钱玉莲的继母逼迫尚未出嫁的女儿嫁给一个富人，而谢妈妈则是逼迫敫桂英抛弃丈夫，另嫁富人。与谢惠德的领域一样，金垒的领域在身份地位方面也下降了。孙汝权虽然有些愚钝，但仍然是一个士子，而金垒是一个不属于士大夫阶层的土财主。

在小说的第二部分，男主人公中了状元后突然变心，与王桂英断绝了联系。他到徐州任职后，王桂英派仆人送信给他，他拒绝接信。

在剧作的第二部分（第 13 ~21 出），王魁中了状元，到徐州任职。① 这是剧作从小说第二部分继承的两个事件。而其他所有事件都是剧作者新创的，有些事件与《荆钗记》相似。

韩琦丞相想把女儿嫁给状元，如同《荆钗记》中万俟丞相想把女儿嫁给状元。② 王魁拒绝了丞相

---

① 《焚香记》第 15 出、第 21 出。

② 《焚香记》第 17 出。

的提亲，与王十朋拒绝丞相提亲一样。① 不过，与万俟丞相不同，韩琦不仅没有感到被冒犯，反而很欣赏这个年轻人的正直。② 万俟丞相因为王十朋拒绝了他的求亲而迫害王十朋，与之相反，韩琦摆了宴席给王魁饯行。③ 他甚至给王魁提供了人夫舟马，以方便王魁去徐州赴任。④

韩琦丞相的提亲，是对王魁是否忠于敫桂英的一次考验。王魁经受住了考验，证明了他是一个忠诚的丈夫。提亲这个事件，不仅提供了一个让王魁展示其品德的机会，而且提供了一个被金垒趁机加以利用的故事。在《荆钗记》中，王十朋给钱玉莲写了一封信，而孙汝权篡改了信的内容。同样，王魁在京城时给敫桂英写了一封信。⑤ 金垒对信件进行了篡改，使信的内容变成王魁与丞相女儿结婚了，决定抛弃敫桂英。⑥

在《荆钗记》中，王十朋那封遭到篡改的信被送到家里后，就为钱玉莲的继母强迫她嫁给孙汝权提供了借口，随后引起钱玉莲的自杀。《焚香记》里也写了养母的逼迫和女主人公的自杀，不过，具

① 《焚香记》第 18 出。
② 《焚香记》第 19 出。
③ 《焚香记》第 21 出。
④ 《焚香记》第 23 出。
⑤ 《焚香记》第 20 出。
⑥ 《焚香记》第 22 出。

体写法稍有不同。在《荆钗记》里，被篡改的信件引起了逼迫另嫁，逼迫另嫁导致了自杀，而在《焚香记》里，逼迫改嫁和自杀各有自己的起因。谢妈妈逼迫敫桂英改嫁，起因是金垒再次提出求婚。①只有敫桂英的自杀是由被篡改的信件引起的。《焚香记》与《荆钗记》的这种具体差异，可能是受小说原作的影响而产生的。在小说《王魁》中，男主人公负心的消息是导致女主人公自杀的唯一原因。

在小说的第三部分，王桂英得知王魁负心的消息后，到海神庙控诉了王魁，然后就自杀了。

在剧作的第三部分（第22~37出），小说中的基本事件得到保留。敫桂英得知王魁负心的消息后自杀了，正如小说中王桂英自杀一样。② 敫桂英自杀的动机，使她更近似于小说原作中的女主人公，与《荆钗记》中的女主人公有了较大差异。钱玉莲自杀的动机来自于她要保持贞节的愿望，而敫桂英自杀的动机则来自于她要复仇的意愿，这与小说中王桂英自杀的动机一样。《焚香记》在如此多的方面与状元弃妻典范情节的反转模型保持一致，敫桂英的复仇意愿可能是令其区别于反转模型而接近于小说原作的一个最明显的母题。

在小说的第四部分，王桂英的鬼魂在南京贡院

① 《焚香记》第24出。
② 《焚香记》第24出。

里找到王魁。遇见王桂英的鬼魂之后，王魁精神错乱，最后用刀子刺死了自己。小说的这一部分被剧作者完全抛弃不用。

在剧作中，敫桂英自杀后，海神派鬼卒帮助她在徐州找到王魁，把他的魂灵带到海神庙。① 王魁面对海神陈述了自己的无辜，海神发现是金垒篡改了信件。② 海神打发王魁和敫桂英的魂灵返回阳间，敫桂英复活了。③

王魁在阴间接受审判，这个事件使剧作不同于小说。小说中的王魁确实背叛了王桂英，所以最后遭到死亡的惩罚。在剧作中，金垒篡改的虚假信息让敫桂英误认为王魁背叛了她，而王魁实际上是清白无辜的。王魁在阴间接受审判的功能，是为了消除敫桂英的错误信念，而消除了错误信念之后，她就可以与王魁在阳间重新团聚了。

如果说敫桂英的自杀使这部剧作更接近于典范情节的早期模型，那么她的复活却使这部剧作更接近于反转模型。敫桂英复活后，虚假信息在她和王魁之间制造的感情的隔阂已经消除，但是，他们之间地理上的距离仍然存在。王魁正打算派仆人王兴把敫桂英及其家人接来，徐州城外突然发生的一场

① 《焚香记》第 28 出。
② 《焚香记》第 29 出。
③ 《焚香记》第 30 出。

战争打乱了他的计划。[1] 徐州的军事统帅种谔采用王魁的计谋，击败了张元率领的西夏军队。[2] 这场战争在剧作中起了三个作用。第一，它推迟了王魁与敫桂英的团聚。第二，它证明了王魁是一个杰出的官员，正如《荆钗记》中王十朋是一个优秀官员一样。第三，它为金垒提供了素材，他用这些素材又编了一个故事，打算利用这个故事骗娶敫桂英。

敫桂英正在焦急地等待王魁的消息，从徐州来的一个士兵带来了消息，说王魁已经死于徐州的战事中了。[3] 这实际上是金垒为了娶敫桂英而设的一个计谋：他出钱让那个士兵传达虚假信息。关于男主人公死亡的虚假信息，使这部剧作类似于《荆钗记》，剧作里的钱玉莲接到过关于王十朋死亡的虚假信息。这两部剧也有不同之处。在《焚香记》里，关于王魁死亡的消息是金垒有意捏造的，而在《荆钗记》中，关于王十朋死亡的虚假消息是认错身份的结果：钱载和的仆人错把王士宏认作王十朋。虚假信息造成的结果在两部剧中也有差别：关于王十朋死亡的虚假信息延迟了他与钱玉莲的团聚，而关于王魁死亡的虚假信息则给敫桂英带来了心理痛苦。

---

① 《焚香记》第32出。

② 《焚香记》第33出。

③ 《焚香记》第34出。

在传递关于男主人公死亡的虚假信息这个事件上，《焚香记》与《香囊记》更为相似，很有可能是前者模仿了后者。[1] 在这两部剧中，都有一个乞丐来到女主人公家门口要饭，正是这个人传达了虚假信息。在这两部剧中，虚假信息都给女主人公带来了悲伤，但丝毫没有延迟她与男主人公的团聚。两部剧的不同之处在于，《香囊记》中的传信人不是有意说谎：他只不过转述了道听途说的消息，而不是有意欺骗。

王魁死亡的虚假信息在敫桂英的领域里引发了一场危机。这个消息使她如此悲伤，她又一次考虑自杀。这一场危机尚未消除，另一场危机又出现了：张元带领西夏部队来到莱阳，要杀掉王魁家族，以报徐州战败之仇。[2] 不过，这场危机只是虚惊一场，因为种谔将军很快就在莱阳城前击溃了张元的军队。[3]

战争这个事件被剧作者用来延迟情节走向终结。王魁在阴间接受审判之后，似乎没有什么戏剧张力能够支撑戏剧故事继续发展下去。经过阴间审判之后，敫桂英认为王魁负心的错误信念已经被消

① 《香囊记》是邵璨（活动年代约1465—1488）写的一部传奇剧。

② 《焚香记》第35出。

③ 《焚香记》第37出。

除，没有什么因素可以阻碍男女主人公的团聚了，只不过在他们之间还存在着地理上的距离。战争则给他们跨越这段地理距离制造了困难，因此也就延迟了情节的终结。关于王魁死亡的虚假信息和张元的袭击莱阳，也给情节增加了戏剧张力。

战争在《焚香记》中所起的作用，类似于虚假信息在《荆钗记》中起到的作用。钱玉莲和王十朋接到虚假信息之后，都相信对方已死，因此延迟了他们的团聚。虚假信息一旦被揭露出来，他们就团聚了。同样，战争一结束，敫桂英和王魁就团圆了。

一旦敫桂英得知王魁还活着，她的领域中的危机就消失了。① 金垒被种谔将军捉住，遭到惩罚。② 种谔将军派军队护送敫桂英去徐州，男女主人公终于团聚在一起。③

对金垒的惩罚，类似于《荆钗记》中对孙汝权的惩罚。在这两部剧作中，男主人公都是请求他的一位同事去调查篡改信件的事：这是一个很好的例子，可以用来说明一个人怎样利用公共权力去解决自己私生活中的问题。两部剧作中的恶棍被捉住后都遭受了棍刑，但结局不同：孙汝权被押解去京城

---

① 《焚香记》第 38 出。

② 《焚香记》第 39 出。

③ 《焚香记》第 40 出。

接受进一步审讯，金垒死于棍刑。《焚香记》中的恶人遭到更严厉的惩罚，意味着对主人公对手更严格的道德审判。

综上所述，《焚香记》是根据《荆钗记》中包含的反转模型创作出来的，尽管剧中的一些事件和事实取自小说《王魁》。这部剧作所保留的小说原作的因素，除了人物姓名和地名之外，最引人注目的便是女主人公自杀这个母题。剧作中新增的那些因素，比如丞相的求亲，篡改的信件，关于男主人公死亡的虚假信息，大部分与《荆钗记》相似。《焚香记》作者在改编小说时所使用的方法，就是把小说中发生于事实领域的事件转移到人物的私人领域中去。小说中的关键事件——比如王魁的背叛，王桂英的死亡，王魁的死亡——都是发生于小说的事实世界中。而在剧作中，这些事件或者变成虚假的信念——王魁的背叛和死亡变成虚假信息的内容，或者变成非真实的伪事件——女主人公的死亡变成了自杀未遂。因为男主人公的背叛从一个真实母题变成了一个非真实母题，他在小说中的负心士子形象到了剧作中就变成了一个忠诚丈夫的形象。在小说中，男主人公因为背叛而遭到惩罚。在剧作中，他因为经受住了道德品质的考验而得到了奖赏。本来是一篇表现背叛与惩罚的小说，就这样被改编为一部表现考验与奖赏的戏剧。从小说到戏剧的转化手法，与早期模型转化为反转模型的手法是一样的。换句话说，《王魁》被改写为《焚香记》，与这篇小说所包含的早期模型被《荆钗记》反转过来，两者的方式是一样的。

通过考察有关李益和王魁的文言小说是怎样被改写为传奇剧的过程，不难看出，汤显祖和王玉峰采用了同样的改写方式。他们最重要的改写手法是非真实化，即把原作中的真实母题改写为非真实母题。① 以男主人公的背叛为例。在小说中，他的背叛是一个真实母题，即他确实背叛了女主人公。而到了戏剧中，他的背叛成为一个非真实母题，也就是说背叛没有真正发生。背叛母题在戏剧中仍然存在，但只是存在于人物内心领域中的虚假信念。随着背叛母题的非真实化，男主人公就从一个负心的士人变成了一个忠诚的丈夫，一篇关于背叛与惩罚的小说就变成了一部关于考验与奖赏的戏剧。

① 关于“非真实化”的定义，参见 Lubomir Dolezel, “Truth and Authenticity in Narrative”.

第五章

模型变用与文学变迁

状元弃妻典范情节的转化过程代表了中国传统文学的一种创新方式：利用既有的模型进行创新。这种特殊的创新方式是“一种连续不断的活动，在这种活动中，新文本把一个活的传统传递下去，并且通过转化和翻新保持它的活力”①。在这种活动中，追随过去的模型保证了传统的延续，对那些模型进行变奏产生了文学形式和内容方面的变化。因此，这种派生诗学体现了传统与变化的辩证关系。

在这种创新活动中：

> 一个新文本只有在传递模型之前吸收模型、认同模型才能找到自己的身份。②

① Karl S. Y. Kao, “Aspects of Derivation in Chinese Narrative”, p. 1.

② Karl S. Y. Kao, “Aspects of Derivation in Chinese Narrative”, p. 1.

不过，吸收和认同并不意味着复制和重复。

> 作家很少复制具有重大影响的先驱者；他们经常是在由其他作家和惯例建立起来的一定框架内写作，但在某些重要方面对框架加以变化。对于批评家来说，有意思的问题是后来者是怎样对先驱者进行改编、吸收、转化、变动、重塑或修正的。①

在前面几章中，我们考察了状元弃妻典范情节是如何经过改编、吸收和修正的过程而产生变化的。但是，促使这些变化产生的原因仍然不清楚。

在下面的讨论中，我们试图用南戏的体裁制约因素来解释促使典范情节变化的原因。我们之所以从体裁入手，是考虑到这个事实：状元弃妻典范情节的转化过程与南戏的历史发展有一种平行关系。对于典范情节的每一个模型，我们选一部已经讨论过的作品作为范式。我们用《王魁》、《张协状元》和《荆钗记》作为典范情节的三个模型的代表。小说《王魁》曾被改编为一部南戏《王魁负桂英》，

① Susan Stanford Friedman, "Weavings: Intertextuality and the (Re) Birth of the Author", in *Influence and Intertextuality in Literary History*, ed. Jay Clayton and Eric Rothstein (Madison: University of Wisconsin Press, 1991), p. 155.

这部南戏可以代表南戏中的最早模型。从南戏这个戏剧体裁的历史来看，《王魁负桂英》、《张协状元》和《荆钗记》代表了南戏发展的三个阶段。

我们对于南戏的体裁制约因素的讨论，将集中于“报”的观念，这个观念与叙事语义学中的道义模态有密切关系。[①] 具体而言，我们将尝试说明，“报”的观念与观众的期待结合在一起决定了戏剧创作中的体裁要求。

“报”可以理解为描述社会行动中互惠关系的一个概念。这个观念可以说是中国社会里人的行动和人际互动的一个基础。[②] “报”也可以理解为一种信念，这种信念界定了一种有关奖赏和惩罚的原则。对于这种信念的通俗表达是“善有善报，恶有恶报”。

作为一种信念的“报”古已有之，在《尚书》中就已经出现。《尚书》说“报”是上天或上帝的法则，“天道福善祸淫”。另一个类似的表述说道：

---

① Karl Kao 讨论过“报”与“叙事框架”之间的关系，参见其论文“*Bao* and *Baoying*: Narrative Causality and External Motivations in Chinese Fiction”, *Chinese Literature: Essays, Articles, Reviews*, 11 (1989), pp. 115 – 138.

② 参见 Lien – sheng Yang, “The Concept of *Pao* as a Basis for Social Relations in China”, in *Chinese Thought and Institutions*, ed. John F. Fairbank (Chicago: The University of Chicago Press, 1957), pp. 291 – 309.

"惟上帝不常，作善，降之百祥，作不善，降之百殃。"①

"报"是"善书"的一个基础观念，这对我们目前讨论的问题来说意义重大。②"善书"最早出现于宋代，是宋元明清时期流传极广的一类图书。经过这类善书的宣扬，关于回报和报应的观念得到广泛传播，变成普通民众的流行信念。我们可以假定，当人们去看戏的时候，他们对于在戏剧中会看到什么是怀有某些期待的，而期待之一便是看到"报"。

在中国文学理论中，有一种与"报"平行发展起来的"惩恶劝善"的观念，给文学规定了教化功能。根据流行的"报"的信念，上天奖赏行善之

① 屈万里集释：《尚书集释》（台北：联经出版事业公司，1983），第312、313页。《尚书》中的这两句话出自两篇通常被划归为"伪古文尚书"的文献。尽管这两篇文献不能整篇视为真正的先秦文献，其中的很多表述却是真正先秦文献的残句，或者是对真正先秦文献中某些表述的改写。比如，上面引文的第一句就是由《国语》中类似的说法衍生出来的，第二句则是对《墨子》所引古语的改写。不管怎样，上述引文的重要性并不在于它们是否出自真正的先秦文献，而在于记载两句引文的两篇文献是被国家权威认可的儒家经典的一个组成部分，因此对中国人的思想产生了巨大影响。

② Tadao Sakai, "Confucianism and Popular Education Works", in *Self and Society in Ming Thought*, ed. Wm. Theodore de bary (New York: Columbia University Press, 1970), p. 341.

人，惩罚作恶之人。根据文学的教化理论，作者应该在作品中传达这个上天原则。

在中国传统的文学理论中，关于文学功能的基本看法是认为文学具有“教化”功能。根据这种看法，文学是用来教导和化育人们的一个工具。

把文学视为教化工具的观念，可以追溯到《诗大序》。《诗大序》是中国诗学有关诗歌性质和功能论述中影响最大的一篇。它对《诗经》的第一部分“风”诗有这样的阐释：“风，风也，教也。风以动之，教以化之。”① 它认为诗歌具有如下功能：“故正得失，动天地，感鬼神，莫近于诗。先王以是经夫妇，成孝敬，厚人伦，美教化，移风俗。”②

“教化”是关于文学应该具有道德教诲功能的一般概念，“惩恶劝善”则具体描述了文学如何完成其道德教诲使命的方式。“惩恶劝善”这个观念可以追溯到中国最早的叙事史《左传》，它通常被认作是《春秋》的一种“传”。《左传》赞扬《春秋》，说它“惩恶而劝善”③。史书的这种教诲功能被王充（27—约 97）扩展到一切著述。在王充看

① 《毛诗注疏》，《十三经注疏》本，参见《毛诗注疏及补正》（台北：世界书局，1963），第 1 ~ 2 页。

② 《毛诗注疏及补正》，第 2 ~ 3 页。

③ 《左传注疏》，《十三经注疏》本，参见《左传注疏及补正》（台北：世界书局，1963），第 13 页。

来，“载人之行，传人之名也。善人愿载，思勉为善，邪人恶载，力自禁载。然则文人之笔，劝善惩恶也”①。

“教化”和“惩恶劝善”这两种功能，在朱熹关于诗歌功能的论述中被结合起来。朱熹的论述涉及如何阐释《诗经》的问题。孔子曾经称赞《诗经》中的诗篇“思无邪”。然而，在中国最早的这部诗歌集中，有一些描写违背社会规范的情爱诗篇。按照后世儒家学者的道德标准来看，这些诗篇不能被认为是“思无邪”的。为了对这些诗篇作出恰当的解释，同时避免直接反对孔子的意见，朱熹试图把阐释的焦点从诗人的意图转移到诗歌在读者身上产生的效果。朱熹说：

> 思无邪，乃是要使读诗人思无邪耳。读《三百篇》诗，善可为法，恶可为戒，故使人思无邪也。若以为作诗者思无邪，则《桑中》《溱洧》之诗果无邪耶?②

在关于孔子“思无邪”说法的注释中，朱熹说明了

---

① 北京大学历史系《论衡》注释小组：《论衡注释》第3册（北京：中华书局，1979)，第1181页。

② 《朱子语类》，转引自张少康、刘三富《中国文学理论批评发展史》（北京：北京大学出版社，1995)，第33页。

他对诗歌功能的总体看法："凡诗之言，善者可以感发人之善心，恶者可以惩创人之逸志，其用归于使人得其情性之正而已。"① 根据朱熹对诗歌功能的解释，取得道德教诲效果的方式，是把善好的东西树立为榜样以便读者追随，把邪恶的东西作为反面例子举出来以警告读者不要重蹈覆辙。朱熹对于诗歌功能的看法，在后世学者有关戏剧的论述中不断得到回应。

中国戏剧成熟于宋代，当时没有引起文人的注意。因此，很难见到宋代人关于戏剧的理论阐述。1235 年，耐得翁记载了他在杭州观看影戏的印象。他对影戏作了如下评论："其话本与讲史书者颇同，大抵真假相半，公忠者雕以正貌，奸邪者与之丑形，盖亦寓褒贬于世俗之眼戏也。"② 从耐得翁的记载中可以看到，中国戏剧即使在其早期阶段，就已经通过惩恶劝善来施展教诲功能了。

邱濬（1421—1495）是明朝前期官至大学士的剧作者，也是最早把"惩恶劝善"观念运用于戏剧的士大夫之一。在他的剧作《伍伦全备忠孝记》的第一出里，他对自己的这部剧作了如下描述："发

① 朱熹：《四书集注》（台北：学海出版社，1984），第 61 页。

② 《都城纪胜》，参见隗芾、吴毓华编《古典戏曲美学资料集》（北京：文化艺术出版社，1992），第 43 页。

乎性情，生乎义理，盖因人所易晓者，以感动之。搬演出来，使世上为子的看了便孝，为臣的看了便忠，为弟的看了敬其兄，为兄的看了友其弟，为夫妇的看了相和顺，为朋友的看了相敬信，为继母的看了必管前子，为徒弟的看了必念其师，妻妾看了不相嫉妒，奴婢看了不相忌害。善者可以感发人之善心，恶者可以惩创人之逸志，劝化世人，使他有则改之，无则加勉。”① 像朱熹一样，邱濬在他的戏剧理论中把“教化”和“惩恶劝善”结合为一体。

李渔（1610—1680）关于戏剧的论述把中国古代戏剧理论发展到最成熟的阶段，他对戏剧教化功能的论述也是最为简洁明了的。在《闲情偶寄》中，李渔对戏剧的社会功能作了如下论述：“因愚夫愚妇识字知书者少，劝使为善，诫使勿恶，其道无由，故设此种文词，借优人说法，与大众齐听，谓善者如此收场，不善者如此结果，使人知所趋避，是药人寿世之方，救苦弥灾之具也。”②

戏剧在教化不识字的大众方面所起到的明显作用，与戏剧的体裁特性密切相关：戏剧不需要阅读，而是通过表演进行交流。戏剧传达教诲的方式

① 《伍伦全备忠孝记》，收入《古本戏曲丛刊初集》第1册（北京，文学古籍刊行社，1954），第2页。

② 李渔：《闲情偶寄》，见 Helmut Martin 编《李渔全集》第5册（台北：成文出版社，1970），第1940～1941页。

也得到明确描述，即表现为善人受到奖赏，恶人受到惩罚。李渔似乎特别关心戏剧的监察功能，所以他把戏剧比作给人治病的药方。

在李渔的理论中，道德教化不仅是戏剧的社会功能，而且也是保证一部戏剧作品具有价值和生命力的主要因素之一。他认为一部戏剧作品能否传世取决于这样的情形："然卜其可传与否，则在三事，曰情，曰文，曰有裨风教。情事不奇不传，文词不警拔不传。情文具备而不轨乎正道，无益于劝惩，使观者听者哑然一笑而遂已者，亦终不传。"①

"道德教化"是中国传统批评家赋予戏剧的一个基本功能。"惩恶扬善"则是戏剧发挥其教化功能的手段。具体而言，这意味着在戏剧作品中，美德必须得到奖赏，邪恶必须受到惩罚，只有这样才能激励观众去行善事，不做恶事。这样一来，奖赏有品德的人物和惩罚做恶事的人物，便成为对戏剧的一个体裁要求。清代的一位戏剧批评家把这个体裁要求概括为如下一个公式："善则福，恶则祸，天道昭彰，验诸俄顷。"②

现在我们可以看到，中国传统批评家的教化宗

---

① 李渔：《香草亭传奇序》，见《李渔全集》第 1 册，第 141 页。

② 琴隐翁：《审音鉴古录序》，转引自隗芾、吴毓华编《古典戏曲美学资料集》，第 9 页。

旨，使他们的思想接近于普通民众普遍持有的“报”的信念，而这些普通民众中有很多不识字的戏剧观众。尽管士大夫和不识字的民众属于截然不同的社会群体，但是，他们都期待在戏剧舞台上看到美德得到奖赏、邪恶受到惩罚的故事。这种共同的期待可以被称作是戏剧的一种体裁约束因素。下面我们将借助于这种戏剧约束因素，来解释状元弃妻典范情节的模型变化。

典范情节最早的模型以《王魁》作为范式。在最早的模型中，男主人公在进入女主人公的领域时，他处于一个经济方面较低的领域。女主人公给男主人公提供了经济资助，这样一来，女主人公处于施贷状态，男主人公处于借欠状态。男主人公与女主人公签订了婚姻契约，等于是肩负起一项义务。他在科举考试中的成功使他的愿望发生了变化：在他的价值体系中，她不再被标记为正面价值了。不过，弃妻意图在他的内心领域引起了冲突：这是他的欲望与他的义务的冲突。一旦他解决了这个冲突，将他的意图付诸实施，本来是价值系统与义务系统之间的冲突就变成了义务系统之内的冲突。冲突不再处于他的内心领域，而是成为他的个人领域与事实领域之间的冲突。他的行动代表了双重的背叛：他毁掉了与她的婚姻契约，他也没有还掉他欠她的债务。要解决事实领域与男主人公领域之间的这种冲突，必须要让男主人公受到惩罚。

除了事实领域与男主人公领域之间的冲突，男主人公的背叛也引起了事实领域与女主人公领域之间的冲突。这既反映在女主人公的价值系统上面，也反映在她的道义系统上面。女主人公想与男主人公通过婚姻合并为一个领域的愿望无法得到满足，她通过为男主人公提供资助而获得的债务也得不到偿还。这些冲突使她产生了复仇的动机。因为她的领域在社会地位和政治权力方面处于弱势，她的复仇意图在没有外来帮助的情况下难以实施。为了实现她的复仇意图，她自杀以便进入一个具有更大权力的领域：由真势系统创造出来的超自然领域。成为超自然领域的成员让她获得权力，她利用这种权力消灭了男主人公的领域。对于男主人公的惩罚解除了事实领域与男主人公领域之间的冲突，不过，女主人公的愿望永远也得不到满足。她施贷出的债务也永远得不到偿还了。也许正是因为女主人公的领域结束于这种不得满足的状态，使得最早的模型有时被现代学者称作悲剧。[①]

王魁故事的结局不符合上面所说的对于戏剧的体裁期待。在故事的结尾处，邪恶的确受到了惩罚，美德却没有得到奖赏。文言小说《王魁》采用

---

① 黄仕忠：《落絮望天：负心婚变与古典文学》，第 99 页。

这样的结尾，对于其读者而言是可以接受的。文言小说的作者和读者都是士大夫，他们并没有把教诲功能作为文言小说的体裁要求加以强调。但是，当文言小说《王魁》被改编为戏剧的时候，这就给观众带来了一个严重的问题，因为戏剧观众通常期待看到美德得到奖赏。《王魁负桂英》的剧本未能流传下来，与其未能满足观众的上述期待也许有一定的关系。

典范情节的转向模型，可以用《张协状元》作为其范式。在转向模型中，直到男主人公抛弃女主人公之前，男女主人公之间的关系与最早的模型没有多少差异。在转向模型中，价值系统和道义系统之间的冲突，从来没有出现在男主人公的内心领域。也就是说，在男主人公身上，没有出现愿望与义务之间的冲突，这显示了他缺少爱的情感和道德感。冲突直接发生于义务系统之内，表现为事实领域与男主人公领域的冲突。冲突比早期的模型更为激烈，因为男主人公试图谋杀女主人公，而这个母题在最早的模型中是不存在的。在早期模型中，男主人公做出了对道德义务的双重背叛，而在转向模型中，他又做出了违反法律规定的行动。正如在最早模型中一样，转向模型中男主人公的弃妻行动也在事实领域和女主人公内心领域之间引起了冲突。然而，这些冲突并没有引起女主人公的报复意图，而在最早的模型中本来是引起了报仇意图的。这标志着女主人公领域的软弱，不仅在社会地位和政治权力方面，而且在行动能力方面。不像是最早模型中的女主人公那样积极寻找权力来完成复仇，转向模型中的女主人公只是被动地被带入一个权力更大的领域。最早模型中的女主人公进入的是一个超自然领域，转向模型中的女主人公被带入到一个具有更高社会地位和政治权力的领域。进入这样一个领域，赋予了她足够的权力而与男主人公重新建立婚姻契约。正是这种权力使得她能够与他团圆。尽管女主人公领域与男主人公领域的合并解决了她内心领域内的冲突，男主人公违反法律规则的行为却没有受到惩罚，事实领域与男主人公领域在道义系统方面的冲突仍然没有得到解决。这部剧的结局给人的印象是正义没有得到伸张，因此有的批评家把转向模型的结局称作是人为的大团圆。①

总体上看，转向模型的结尾比最早模型的结尾能更好地满足观众的期待。在最早模型展现的世界里，人物领域最后都被消灭了，而在转向模型的世界里，人物领域合并在一起了。比起最早模型中人物领域的毁灭，转向模型中人物领域的合并更为契

① 黄仕忠：《落絮望天：负心婚变与古典文学》，第102页。余秋雨：《中国戏剧文化史述》（长沙：湖南人民出版社，1985），第120页。

合中国宇宙观中的和谐理想。从这个意义上说，转向模型可以说是对最早模型的一个改进。它是在承受体裁约束压力之下的一次成功转型。

然而，《张协状元》并没有完全满足体裁要求。尽管在戏剧结尾处，美德得到了奖赏，邪恶却没有受到惩罚。转向模型仍然没有满足观众的期待，因为它所展现的世界是一个有缺陷的世界。可能正是由于这个原因，《张协状元》未能成为舞台上的流行剧目，而在明清时期遭到湮没的命运。

典范情节的反转模型可以用《荆钗记》作为范式。在反转模型中，男主人公科举考试获胜之前的情节与先前两个模型大体相同。在反转模型中，认知模态比在先前两个模型中发挥了更大的作用。冲突并不是发生在男主人公领域的愿望系统或道义系统上，因为他在考试获胜后并没有想要抛弃女主人公。然而，男主人公抛弃女主人公的母题，在反转模型中所起到的作用不亚于它在前两个模型中所起的作用。它是由追求女主人公的主人公敌手伪造的不真实的母题。尽管不真实，这个母题在事实领域却产生了真实的后果。它在女主人公的领域内制造了冲突。一种冲突发生在女主人公与其母亲的愿望系统上。女主人公保持贞节的愿望与其母亲要她改嫁的愿望发生冲突。这个冲突继而又在女主人公内心领域的愿望系统和道义系统之间引起了冲突。这是她对丈夫的义务和对母亲的义务之间的冲突。为了解决内心领域中的这个冲突，她试图自杀。她被救起后，就像转向模型中的女主人公一样，被带入一个在社会地位和政治权力方面更高的领域。进入一个更高的领域，使得转向模型中的女主人公获得了足够的权力与男主人公团圆，而进入一个更高的领域，在反转模型中，只是帮助女主人公解决了她的内心领域里的冲突，远远不足以拉近她与男主人公领域的距离。不真实的母题的传播，首先是有关女主人公的死亡，其次是有关男主人公的死亡，在事实领域和男女主人公的认知系统之间制造了冲突，致使他们的领域一直分离。有关他们死亡的不真实的母题继而在他们的内心领域的愿望系统和义务系统之间引起冲突，即他们想保持贞节的愿望与他们应该养育子嗣的尽孝义务之间的冲突。在为配偶保持贞节和为祖先尽孝之间，他们都选择了前者，因此证明了他们是义夫节妇。他们认知系统中的冲突一旦得到解决，他们的领域就结合在一起。主人公敌手通过制造有关男主人公死亡的不真实母题引发了各种冲突，最后受到了惩罚。

反转模型几乎完全满足了体裁要求。在故事结尾处，美德得到奖赏，邪恶受到惩罚。它所呈现的世界，是一个“恶有恶报，善有善报”的天理通行的世界。观众对于天理的信念得到证实，他们对于

“善恶有报”的期待得到了满足。

通过对于先前模型的修改，《荆钗记》终于发展出一个近乎圆满的符合体裁要求的模型。这也许可以解释，为什么这部剧作在明清戏剧舞台上一直受到欢迎，并且成为后世戏剧家的模仿对象。

在上述讨论中，我们试图用中国传统戏剧的体裁约束因素来解释典范情节的模式转换。引起情节模式发生变化的因素是复杂多元的，换一个新的角度去考察，不难发现另外的因素。

参考文献

1. Abbot, H. Potter. *The Cambridge Introduction to Narrative*. Cambridge: Cambridge University Press, 2002;北京大学出版社重印,2007 年。

2. Bodman, Richard. "Poetics and Prosody in Early Medieval China: A Study and Translation of Kukai's Bunkyo Hifuron". Ph. D. thesis, Cornell University, 1978.

3. 蔡景康编选:《明代文论选》,北京:人民文学出版社,1993 年。

4. Chaffee, John W. *The Thorny Gates of Learning in Sung China*. Cambridge: Cambridge University Press, 1985.

5. 陈师道:《后山诗话》,收入何文焕辑《历代诗话》,北京:中华书局,1982 年。

6. 程千帆、吴新雷:《两宋文学史》,上海:上海古籍出版社,1991 年。

7. 程毅中:《唐代小说史话》,北京:文化艺术出版社,1990 年。

8. Colie, Rosalie L. *The Resources of Kind: Genre-Theory in the Renaissance*. Edited by Barbara K. Lawalski. Berkeley: University of California Press, 1973.

9. Crump, James I. "Liu Chihyuan in the Chinese 'Epic', Ballad, and Drama". *Literature East and West* 14(1970), pp. 154 – 171.

10. Dolezel, Lubomir. "Literary Text, Its World and Its Style". in *Identity of the Literary Text*, ed. Mario J. Valdes and Owen Miller, pp. 189 – 201. Toronto: University of Toronto Press, 1985.

11. Dolezel, Lubomir. "Narrative Modalities". *Journal of Literary Semantics* 5(1976), pp. 5 – 14.

12. Dolezel, Lubomir. "Narrative Worlds". in *Sound, Sign, and Meaning: Quinquagenary of the Prague Linguistic Circle*, ed. Ladislav Matejka, pp. 542 – 552. Ann Arbor, Mich.: Michigan Slavic Contributions, No. 6, 1978.

13. Dolezel, Lubomir. "Possible Worlds and Literary Fictions". in *Possible Worlds in Humanities, Arts and Sciences. Proceedings of Nobel Symposium* 65, ed. Sture

Allén, pp. 221 – 242. Berlin: Walter de Gruyter, 1989.

14. Dolezel, Lubomir. "A Semantics for Thematics: The Case of the Double". in *Thematics: New Approaches*, ed. Claude Bremond, Joshua Landy and Thomas Pavel, pp. 89 – 102. Albany, N. Y.: State University of New York Press, 1995.

15. Dolezel, Lubomir. "Towards a Typology of Fictional Worlds". *Tamkang Review* 14, No. 1 – 4 (1983), pp. 261 – 276.

16. Dolezel, Lubomir. "Truth and Authenticity in Narrative". *Poetics Today* 1, No. 3 (1980), pp. 7 – 25.

17. Dudbridge, Glen. *The Hsi – yu chi: A Study of Antecedents to the Sixteenth – Century Chinese Novel.* Cambridge: Cambridge University Press, 1970.

18. Ebrey, Patricia. *The Inner Quarters: Marriage and the Lives of Chinese Women in the Sung Period.* Berkeley: University of California Press, 1993.

19. 范晔:《后汉书》,北京:中华书局,1965 年。

20. Friedman, Susan Stanford. "Weavings: Intertextuality and the (Re) Birth of the Author". in *Influence and Intertextuality in Literary History*, ed. Jay Clayton and Eric Rothstein, pp. 146 – 180. Madison: University of Wisconsin Press, 1991.

21. Frow, John. "Intertextuality and Ontology". in *In-*

tertextuality: *Theories and Practices*, ed. Michael Worton and Judith Still, pp. 45 – 55. Manchester: Manchester University Press, 1990.

22. Frye, Northrop. *Anatomy of Criticism*: *Four Essays*. Princeton: Princeton University Press, 1957.

23. 傅璇琮:《唐代科举与文学》,台北:文史哲出版社,1994 年。

24. Hanan, Patrick. "The Sources of the *Chin Ping Mei*", *Asia Major*, Ns 10, No. 1(1963), pp. 23 – 67.

25. [日]遍照金刚著,周维德校点:《文镜秘府论》,北京:人民文学出版社,1975 年。

26. Holzman, Donald. " Confucius and Ancient Chinese Literary Criticism". in *Chinese Approaches to Literature*, ed. Adele Austin Rickett, pp. 21 – 41. Princeton: Princeton University Press, 1978.

27. 洪迈著,何卓校点:《夷坚志》,北京:中华书局,1981 年。

28. 胡士莹:《话本小说概论》,北京:中华书局,1980 年。

29. 黄仕忠:《落絮望天:负心婚变与古典文学》,西安:陕西人民出版社,1991 年。

30. 黄庭坚:《山谷诗集》,四部备要本。

31. 黄庭坚:《豫章黄先生文集》,四部丛刊本。

32. 惠洪:《冷斋夜话》,长沙:商务印书馆,

1939 年。

33. Irving, Richard G. *The Evolution of a Chinese Novel: Shui-hu chuan*. Cambridge, Mass.: Harvard University Press, 1953.

34. Jenny, Laurent. "The Strategy of Form". in *French Literary Theory Today: A Reader*, ed. Tzvetan Todorov, pp. 34 – 63. Translated by R. Carter. Cambridge: Cambridge University Press, 1982.

35. 焦循:《花部农谭》,收入《焦循论曲三种》,扬州:广陵书社,2008 年。

36. 金宁芬:《南戏研究变迁》,天津:天津教育出版社,1992 年。

37. 金诤:《科举制度与中国文化》,上海:上海人民出版社,1990 年。

38.《荆钗记》,《六十种曲》本,收入俞为民校注《宋元四大戏文读本》,南京:江苏古籍出版社,1988 年。

39. Johnson, David. "The Wu Tzu-hsu Pien-wen and its Sources: Part I". *Harvard Journal of Asiatic Studies* 40(1980), pp. 93 – 156; "Part II", pp. 465 – 505.

40. Kao, Karl. "Aspects of Derivation in Chinese Narrative". *Chinese Literature: Essays, Articles, Reviews* 7 (1985), pp. 1 – 36.

41. Kao, Karl. "*Bao* and *Baoying*: Narrative Cau-

sality and External Motivations in Chinese Fiction". *Chinese Literature: Essays, Articles, Reviews*11 (1989), pp. 115 – 138.

42. Krailsheimer, A. J., ed. *The Continental Renaissance 1500 – 1600*. Middlesex: Penguin Books, 1971.

43. 隗芾、吴毓华编:《古典戏曲美学资料集》,北京:文化艺术出版社,1992 年。

44. 季国平:《元杂剧发展史》,台北:文津出版社,1993 年。

45. 李攀龙著,包敬第标校:《沧溟先生集》,上海:上海古籍出版社,1992 年。

46. 李渔:《闲情偶寄》,收入 Helmut Martin 编《李渔全集》,台北:成文出版社,1970 年。

47. 廖可斌:《明代文学复古运动研究》,上海:上海古籍出版社,1994 年。

48. Liu, James J. Y. *Chinese Theories of Literature*. Chicago: The University of Chicago Press, 1975.

49. 刘勰:《文心雕龙》,见黄叔琳注,李详补注,杨明照校注拾遗《增订文心雕龙校注》,北京:中华书局,2012 年。

50. 鲁迅:《中国小说史略》,北京:人民文学出版社,1973 年。

51. 罗烨:《醉翁谈录》,收入《绿窗新话　醉翁谈录》,台北:世界书局,1965 年。

52. Lynn, John Richard. "Alternate Routes to Self-Realization in Ming Theories of Poetry". in *Theories of the Arts in China*, ed. Susan Bush and Christian Murck, pp. 317 – 340. Princeton: Princeton University Press, 1983.

53.《毛诗注疏》,《十三经注疏》本,收入《毛诗注疏及补正》,台北:世界书局,1963 年。

54.《孟子注疏》,《十三经注疏》本,收入《孟子注疏及补正》,台北:世界书局,1963 年。

55. Pavel, Thomas G. "Narrative Domains". *Poetics Today* 1, No. 4 (1980), pp. 105 – 114.

56. 彭乘:《墨客挥犀》,收入孔凡礼点校《侯鲭录 墨客挥犀 续墨客挥犀》,北京:中华书局,2002 年。

57. Peterson, Richard S. *Imitation and Praise in the Poems of Ben Jonson*. New Haven: Yale University Press, 1981.

58. Pratt, Annis, with others. *Archetypal Patterns in Women's Fiction*. Bloomington: Indiana University Press, 1981.

59. 邱濬:《伍伦全备忠孝记》,收入《古本戏曲丛刊初集》,北京:文学古籍刊行社,1954 年。

60.《尚书》,见屈万里集释《尚书集释》,台北:联经出版事业公司,1983 年。

61. Roberts, J. A. G. *A History of China*. Vol. I. Phoenix Mill, UK: Alan Sutton Publishing Limited, 1996.

62. Ryan, Marie-Laure. *Possible Worlds, Artificial*

Intelligence, and Narrative Theory. Bloomington: Indiana University Press, 1991.

63. 邵璨:《五伦传香囊记》,收入《古本戏曲丛刊初集》,北京:文学古籍刊行社,1954 年。

64. 司空图:《二十四诗品》,收入何文焕辑《历代诗话》,北京:中华书局,1982 年。

65. 宋濂等:《元史》,北京:中华书局,1976 年。

66. 苏轼:《东坡题跋》,收入杨家骆主编《宋人题跋》,台北:世界书局,1974 年。

67. Tadao Sakai. "Confucianism and Popular Educational Works". in *Self and Society in Ming Thought*, ed. Wm. Theodore de bary, pp. 331 – 366. New York: Columbia University Press, 1970.

68. 脱脱等:《宋史》,北京:中华书局,1977 年。

69. 汤显祖著,胡士莹校注:《紫钗记》,北京:人民文学出版社,1982 年。

70. Tien Ju-Kang. *Male Anxiety and Female Chastity: A Comparative Study of Chinese Ethical Values in Ming-Ching Times*. Leiden: E. J. Brill, 1988.

71. 王充:《论衡》,见北京大学历史系《论衡》注释小组《论衡注释》,北京:中华书局,1979 年。

72. 王梦鸥:《唐人小说研究二集》,台北:艺文印书馆,1973 年。

73. 汪辟疆校录:《唐人小说》,上海:上海古籍出版社,1978 年。

74. 王玉峰:《焚香记》,收入吴书荫等点校《焚香记　偷甲记》,北京:中华书局,1989 年。

75. 汪洙:《神童诗》,收入乔桑、宋洪主编《蒙学全书》,长春:吉林文史出版社,1991 年。

76. Widmer, Ellen. *The Margins of Utopia: Shui-hu hou-chuan and the Literature of Ming Loyalism*. Cambridge, Mass.: Harvard University Press, 1987.

77. Widmer, Ellen. "Xiaoqing's Literary Legacy and the Place of the Woman Writer in Late Imperial China". *Late Imperial China* 13, No. 1 (Junc 1992), pp. 111 – 155.

78. 吴敬梓:《儒林外史》,北京:人民文学出版社,1958 年。

79. 萧源锦:《状元史话》,重庆:重庆出版社,1992 年。

80.《戏考》,上海:中华图书馆,1915—1925 年。见重印本《戏考大全》,上海:上海书店出版社,1990 年。

81. 徐朔方:《汤显祖评传》,南京:南京大学出版社,1993 年。

82. 徐渭:《南词叙录》,收入《中国古典戏曲论著集成》第 3 册,北京:中国戏剧出版社,1959 年。

83.《论语》,见杨伯峻译注《论语译注》,北京:中华书局,1980年。

84. Yang, Lien-sheng. "The Concept of *Pao* as a Basis for Social Relations in China". in *Chinese Thought and Institutions*, ed. John F. Fairbank, pp. 291 - 309. Chicago: The University of Chicago Press, 1957.

85. 杨显之:《临江驿潇湘秋夜雨》,收入臧懋循编《元曲选》,见王学奇主编《元曲选校注》,石家庄:河北教育出版社,1994年。

86. 杨显之:《临江驿潇湘夜雨》,顾曲斋本,收入《古本戏曲丛刊四集》,北京:商务印书馆,1958年。

87. 余秋雨:《中国戏剧文化史述》,长沙:湖南人民出版社,1985年。

88.《新刻原本王状元荆钗记》,收入《古本戏曲丛刊初集》,北京:文学古籍刊行社,1954年。

89. 张庚、郭汉城主编:《中国戏曲通史》,北京:中国戏剧出版社,1992年。

90. 张少康、刘三富:《中国文学理论批评发展史》,北京:北京大学出版社,1995年。

91.《张协状元》,收入钱南扬校注《永乐大典戏文三种校注》,台北:华正书局,1984年。

92. 周密著,李小龙、赵锐评注:《武林旧事》,北京:中华书局,2007年。

93.《周易正义》,《十三经注疏》本,北京:中华书局,1980 年。

94. 朱熹:《四书集注》,台北:学海出版社,1984 年。

95. 朱彧:《萍洲可谈》,收入李伟国点校《后山谈丛　萍洲可谈》,北京:中华书局,2007 年。

96.《左传注疏》,《十三经注疏》本,收入《左传注疏及补正》,台北:世界书局,1963 年。